Satori in Paris
巴黎之悟

Jack Kerouac

[美] 杰克·凯鲁亚克 著
艾黎 译

上海译文出版社

一

在巴黎（还有布列塔尼）的十天当中，有个时刻我获得了某种启示，那看来又一次改变了我，我想是它使我在接下去七年或更长时间里按那样的模式生活，确切地说，是悟，即日语词中的"突然开窍""突然觉醒"，或者简单点儿，就是"眼睛突然睁开"——不管怎么解释，确有什么发生了。旅行结束到家后重新理了理那十天里种种混乱而又丰富多彩的事件，在我最初的回想中，那"悟"似乎是一位叫雷蒙·巴耶的出租车司机给我的，有时候我想那可能是我凌晨三点，在布列塔尼布雷斯特雾气重重的街道上由妄想而生的恐惧，有时候我想那是卡斯泰尔嘉鲁先生和他美得炫目的秘书（蓝黑头发、绿眼睛的布列塔尼人，门牙有缝隙，正好嵌在可舔可吻的双唇中，身穿白色羊毛编织的毛衣，戴着金手镯，洒了香水）；或是告诉我"巴黎腐烂了"的侍者；或是古老的圣日耳曼德普雷教堂里的莫扎特《安魂曲》的演奏，得意洋洋的小提琴手怀着喜悦挥舞着胳膊肘，因为来了那么多名流，教堂的长凳和唱诗班的专用椅都坐满了（而外面正细雨濛濛）；或是，究竟是什么？是杜伊勒里花园笔直的林荫道？或是跨越热闹非凡的假日塞纳河轰响的摇晃着的桥梁？过桥时我抓牢帽子，知道晃的不是桥（杜伊勒里码头的临时栈桥），而是我自己喝了太多的干邑，加上精神紧张又没睡觉，一路从佛罗里达飞了十二小时过来，连带着机场的各种焦虑。究竟是酒，还是种种苦恼，在从中作梗？

如先前在一本自传体的书里那样，我在此用真名，也就是用全名，让-路易·勒布里·德·凯鲁亚克，因为这个故事讲的是我在法国寻找这个名字，而且我也不怕给出雷蒙·巴耶的真名供大众检视，因为他不但可能是我在巴黎顿悟的缘起，而且我所说的关于他的一切就是他礼貌、友善、效率高、有型、不套近乎等等，以及最主要的是，他只是我从法国返家途中碰巧送我去奥利机场的出租车司机。当然，他不会因此惹上麻烦——而且很有可能永远也不会看到他的名字印成铅字，因为时下美国和法国出版那么多的书，没有谁有时间赶得及看所有的书，即便有人告诉他，他的名字出现在一本美国"小说"里；他也许永远不会在巴黎找到卖它的地方，如果书真的被翻译了，如果他真找到了，读到他——雷蒙·巴耶，一位了不起的绅士和出租车司机碰巧在去机场的路上给一个美国人留下了深刻的印象,这也伤不着他什么。

懂了吗?

二

不过，正如我说，我不知道怎么顿悟的，唯一能做的是从最初开始，可能我会恰好在故事的中心找到，然后欢天喜地一直到故事结束。讲述这个故事别无他因，只是为了陪伴。陪伴是文学的另一定义（也是我最喜欢的），为了陪伴讲述故事，为了教授某些宗教的东西，或是宗教的敬畏，与真实的生活相关，存于这真实的世界，这是文学应该反映的（在此也的确反映了）。

换句话说，讲完我就闭嘴，那些"如果怎样会怎样"的故事和罗曼司是编给孩子和没脑子的成年人听的，他们不敢在书中读到自己，就像他们可能不敢在生病受伤或余醉未醒或发癫发狂时照镜子一样。

三

其实,这本书说的是,可怜我们所有人,以及千万别因为我写这些而动怒。

我来自佛罗里达。坐着巨大的法国航空公司的喷气式客机,快抵达时飞过巴黎近郊,我注意到夏天北部的乡村是多么的葱绿,因为有冬雪直接化入了爬满黄油色的鼻涕虫的草地。比任何棕榈树国度的任何时节都要绿,尤其是在六月,在令一切枯谢的八月来临之前。飞机着地,没发生乔治亚故障。我说的是一九六二年一架飞往亚特兰大、满载亚特兰大头面人物和他们的礼物的飞机一头冲进一家农场,机上无人幸免。飞机从未离地而半数亚特兰大乘客就没了,所有的礼物散开了,烧毁了,遍布奥利机场,一出壮观的基督教的悲剧,全然不是法国政府的错,因为飞行员和乘务员都是法国公民。

飞机不偏不倚地着陆,我们在一个灰蒙蒙、冷飕飕的六月清晨到了巴黎。

机场大巴上一位移居国外的美国人正平静快乐地抽着烟斗,一边和乘坐另一架飞机刚从很可能是马德里或其他什么地方来的朋友聊天。在我坐的那架飞机上我没和那个疲倦的美国画家姑娘说话,因为飞过孤单寒冷的新斯科舍时她睡着了。她经历了累死人的纽约,必须给在那儿照看她的人买一百万杯饮料——话说回来,不关我的事。过艾德威尔德时,她问过我是不是去巴黎找我的老相好。不是。(我真该去找老相好。)

可能的话,我是巴黎最孤单的人。清晨六点,天下着雨,我坐了机场大巴去城里靠近荣军院的地方,接着在雨中坐了一辆出租车,我问司机拿破仑葬在哪里,因为我知道就是那儿附近的某个地方,并不是那有什么紧要,但过了好一阵子,直到我觉得那沉默很无礼,他终于指了指说"那儿"。

我非常想去看圣礼拜堂,圣路易,即法国国王路易九世,在那儿安置了一片"真十字架"[①]。但我根本没去成,只是十天后坐雷蒙·巴耶的出租车从那里飞驰而过时,听他提了提。我也非常想看塞纳河圣路易岛上的法兰西圣路易教堂,因为那儿与我在马萨诸塞州洛厄尔受洗礼的教堂

---

① True Cross,基督教圣物,据说为耶稣殉难时钉住他的十字架。

同名。我终于到了那儿,手里握着帽子坐了下来,看着穿红外套的家伙在圣坛上吹长小号,和着楼上管风琴的琴声,美妙的中世纪cansòs——或曰清唱曲,足以令亨德尔[①]垂涎。忽然一位陪着孩子和丈夫的妇人从我身旁走过,在我可怜的受了折磨又遭到误解的帽子(我出于敬畏倒过来握着)里放了二十生丁(四美分),以此教孩子caritas——或曰仁爱慈善。我接受了,为了不让她育人的天性难堪,也不让她的孩子尴尬。我那在佛罗里达家中的妈妈说我"为什么不把二十生丁放进穷人施舍箱里",是我忘了那么做。一点小钱不足以多费思量,何况我在旅馆房间(是一堵圆墙,我猜是为了围住烟囱)梳洗后,在巴黎做的头件事就是给了一个满脸粉刺的法国女乞丐一法郎(二十美分),并说道:"一法郎献给法国女郎。"后来我又在圣日耳曼给了一个男乞丐一法郎,对他我则大声吆喝:"老无赖(Vieux voyou)!"他却笑了,说:"什么……无赖?"我说:"没错,你可骗不了一个老辣的法裔加拿大人。"现在我琢磨着那么说是不是伤害了他,因为我其实真正想说的是"捡破烂的人(Guenigiou)",但"voyou"溜出了嘴。

没错,是Guenigiou。

[①] George Frideric Handel (1685—1759),生于德国的英国作曲家。

（捡破烂的人应该拼作"guenillou"，但那不是魁北克保存完好的有三百年历史的法语的拼法，老拼法在巴黎街头用仍旧听得懂，更不用说是在北部的干草棚了。）

从那座雄伟巨大的玛德莲娜教堂的台阶上走下来一位威严的老流浪汉，穿着宽松的棕色袍子，一挂灰白胡子，既非希腊人也非族长，很可能只是叙利亚教派的老教徒，要么是那样，要么是一个超现实主义者在寻乐子闹着玩？不是啦。

四

重要的事先来。

玛德莲娜教堂的圣坛那儿有一尊硕大的抹大拉的马利亚的大理石塑像,有一个街区那么大,四周围绕着天使和主天使。她以米开朗基罗式的姿态伸出双手。天使们有巨大的垂落下来的翅膀。教堂有整条街道那么长。这是一座长而窄的教堂建筑,最怪异的教堂之一。没有尖顶,没有哥特式,但我猜是希腊庙宇的式样。(你究竟为何想、或说是曾经想过,让我去看由霸克大佬[①]的钢架和臭氧层造的埃菲尔铁塔?坐在电梯里悬在四分之一英里高的半空得个腮腺炎,你会多么乏味啊。我早做过那档子事了,和我的编辑在细雨濛濛的夜间上了啼国大厦[②]。)

出租车带我去了旅馆。我猜那是个瑞士人开的膳宿公寓,但值夜班的是个伊特鲁里亚人(都一回事儿),女服务员对我颇为恼火,因为我把门和旅行箱都锁上了。经营旅馆的女士挺不高兴的,因为头一个晚上我就和一个同我年龄（四十三岁）相仿的女人纵情放荡了一场。我不能给出她的真名，不过那可是法国历史上最古老的名字之一，远远早于查理曼大帝，他是丕平家族的。（法兰克王子。梅兹主教阿尔诺夫的后代。想想得和弗里西亚人、阿勒曼尼人、巴伐利亚人还有摩尔人打仗。普莱克特鲁德③的孙子。）这个老女人是你想有多骚就有多骚的淫妇。下半身卫生间的事儿我怎能仔细描述。有一刻她真的令我脸红了。我真该告诉她把头伸到"poizette"（那是古法语中的"马桶"）里去的，不过，当然啦，她太让人舒服了，说是说不清的。我是在蒙帕纳斯一家深夜营业的没有黑帮踪迹的黑帮酒吧里碰到她的。她把我给迷住了。她还想和我结婚，那自然，因为我在床上天生是一把好手，又是个好人。我给了她一百二十美元，作为她儿子的教育经费，或是去买一双老式的中规中矩的新鞋。她可让我花了比预算多的钱。不过，我仍有足够的钱接着过第二天，并在圣拉扎尔火车站买了萨克雷的《势利鬼文集》。这无关钱财，而是让灵魂有个安宁好时光。第二天下午，在老圣日耳曼-德普雷教堂里，我看到几个巴黎妇人在一堵沾满陈年血迹和雨迹

---

① Bucky Buckmaster，指巴克明斯特·富勒（Buckminster Fuller，1895—1983），美国著名发明家、建筑家和哲学家。
② Hempire State Building，指纽约的帝国大厦（Empire State Building）。
③ Plectrude，丕平二世的妻子。依据史料，查理曼大帝应当为普莱克特鲁德无血缘关系的曾孙。

的墙下祈祷,几乎是在抽泣。我说"啊哈,巴黎的女人",我见识了巴黎的伟大,它能一边为法国革命的蠢事哭泣,一边又庆贺摆脱了那些长鼻子的贵族(布列塔尼的爵士)——我是他们的后代。

五

夏多布里昂是个令人叹服的作家，年纪轻轻就想要高层次的老派的恋爱，要比一七九〇年法国军方提供给他的更高一个层次——他想要中世纪插图里的某个场景，一位年轻的姑娘顺着街道走来，她看到了他的眼睛里面去，她戴着发带、穿着祖母缝制的衣裙，那天晚上屋里激情如火。我和我那丕平在我非常平静的酒醉中的某个时候享受了我们健康的交欢，我颇为满足，不过第二天我不想再见她了，因为她想要更多的钱。她说要带我去城里寻欢作乐。我跟她说她欠我，得吮那话儿几回、肉搏几回、摸摸弄弄几回。

"没错。"

但我让伊特鲁里亚人在电话上把她敷衍了过去。

这个伊特鲁里亚人是个好男色的家伙。对此我没兴趣，但一百二十美元也太离谱了一点。伊特鲁里亚人说他是个意大利山区人。他是否好男色，我不在乎也不知道，其实，我不该那么说的，但他是个漂亮的小伙子。接着我出门灌得烂醉。我本来是要去认识几个世上最美的女人，但眼下我真的是烂醉如泥，床上活没戏了。

六

要决定一则故事里讲些什么挺难的,而我似乎总是想证实一些,逗号,和我的性生活有关的事。忘了这回事吧。只不过有时候我寂寞得厉害,要有个女人做做伴赶走寂寞。

于是我整整一天在圣日耳曼寻找最理想的酒吧,还真找到了。温柔女郎酒吧在圣安德烈艺术街上,是一位宪兵指给我的。对着喷了一头金色发胶的软软的金发和小小的美妙身躯,你能变得有多温柔?"哦,我希望我帅一点。"我说,不过,她们都向我保证,我够帅了。"行吧,那么我是邋遢的老酒鬼。""你爱说啥就说啥。"

我深深地看到了她的眼睛里面去——我给了她的蓝眼双击柔情弹,她中弹了。

一个从阿尔及尔或是突尼斯来的阿拉伯少女走了进来。她有着柔和的小鹰钩鼻。我脑袋要崩溃了,因为我同时和一干人交换着成百上千的法式寒暄调侃,有塞纳加尔的黑人王子、布列塔尼的超现实主义诗人、衣着完美无缺的花花公子、好色的妇科医生（打布列塔尼来的），还有名叫佐巴的天使般的希腊裔酒吧侍应，名叫让·塔沙的店主从容淡定地站在收银机旁，看起来有点儿颓废（虽然事实上他是个有家室的安静男人，碰巧长得像我在马萨诸塞州洛厄尔的老友鲁迪·洛瓦。鲁迪十四岁时就因为他的诸多情史有些名气，身上也有那种讨女人喜欢的人的香气）。更不用说还有另一个酒吧侍应丹尼尔·马拉特拉，怪怪的高个子犹太人或是阿拉伯人，无论是哪个，总归是个闪米特人，他们的名字听起来像格拉纳达墙前的号角，而且你从未见过更温柔的酒吧侍应。

酒吧里有个四十岁的可爱的红发西班牙爱人真的喜欢上我了，更糟糕的是，她把我当了回事，居然还定了私下约会的日子：我喝醉了忘了这事。喇叭里传来磁带播放的无休无止的美国现代爵士乐。为了弥补忘记与瓦拉丽诺（那个红发西班牙美女）约会的过失，我在码头花十美金从一个年轻的荷兰天才（荷兰天才的荷兰语名字是 Beere，意为"桥墩"）那儿给她买了块挂毯。她宣布为了这块挂毯她要重新布置房间，不过她没邀请我去。我想同她做的事不应当在这本圣书里出现，不过可以写作"爱"。

我非常恼火，于是去了红灯区。上百万个带着匕首的巴黎混混正晃来晃去。我进了一个门厅，看到三位夜女郎。我摆出一脸英式坏笑，宣布"我挑漂亮的黑牡丹"——黑牡丹揉揉眼睛、喉咙、耳朵还有胸口，说："我可不再吃那一口了。"我跺着脚走掉了，掏出上面画着十字的瑞士军刀，因为我怀疑我被法国恶棍流氓盯上了。我割破了自己的手指，鲜血滴了一路。我回到旅馆的房间，大厅也滴了一地的血。这时瑞士女人问我什么时候离开。我说："一旦在图书馆查证了我的家族信息我就走。"（心里又嘀咕了一句："勒布里·德·凯鲁亚克家族和他们的信条——'献爱、受难、劳作'，你懂什么，你这个又蠢又脏的布尔乔亚老女人。"）

七

于是我去了图书馆,法国国家图书馆,想要查找一七五六年在魁北克的蒙卡尔姆[①]部队的军官名单,还有路易·莫雷里[②]的辞典,安塞姆神父[③]的著作等等,所有关于布列塔尼王室的信息,那儿居然没有。最后马萨林图书馆的老好馆长乌里女士耐心地向我解释说,一九四四年纳粹轰炸烧毁了他们所有的法语资料,我在高涨的热情中没想起这件事。不过我还是嗅出了布列塔尼有些可疑的味道——要是凯鲁亚克家族在伦敦大英博物馆有记录,那么在法国是否也应有记录?——我跟她这么说。

在国家图书馆即便是在厕所你也不能抽烟,跟那些办事员你插不进一句话,坐在那儿抄书的"学者"是全国人民骄傲,他们甚至不让约翰·蒙哥马利[④]进门(那个爬马特峰忘了带睡袋的约翰·蒙哥马利,他是美国最好的图书馆员和学者,也是个英国人)。

同时我得赶回去瞧瞧温柔女郎们怎么样了。我的出租车司机罗兰·圣女贞德告诉我，所有的布列塔尼人都和我一样"胖墩墩的"。女郎们按法国人的习惯亲吻了我的双颊。一个叫古莱的布列塔尼人和我一道喝醉了。他年纪很轻，二十一岁，蓝眼睛，黑头发。他突然揪住一位金发女郎，几乎要强上她（还有其他家伙加入），把她给吓坏了。我和另一个让，让·塔沙制止了这事："好了！住手！"

"冷静一点。"我加了一句。

她太美了，言语无法形容。我跟她说："你整天儿耗在该死的美容院？"

"是的。"

在此期间我去了林荫道上著名的咖啡馆，坐在那儿看流动的巴黎，看年轻的爵士乐迷、摩托车和从衣阿华来观光的消防员。

---

① Louis-Joseph de Montcalm（1712—1759），北美殖民时期的法国名将，参与指挥英法七年战争。
② Louis Moréri（1643—1680），法国牧师、学者、百科全书学家，编撰了历史上第一部专科辞典。
③ Père Anselme（1625—1694），法国族谱学家、修士。
④ John Montgomery，即《达摩流浪者》（*The Dharma Bums*）中亨利·莫利的原型，曾与凯鲁亚克和斯奈德（Gary Snyder）同登美国加利福尼亚的马特峰。

八

阿拉伯姑娘跟我出去玩了,我邀请她去观看和聆听在圣日耳曼-德普雷教堂的莫扎特的《安魂曲》的演奏。我是上次来参观时看到演出布告才获知的。全场尽是人,非常拥挤,我们在门口付了钱,步入肯定是那个晚上全巴黎最出色的聚会。正如我说的,外面正下着濛濛细雨,她柔和的小鹰钩鼻底下是玫瑰色的双唇。

我教给她基督教。

后来我们交颈缠绵了一会,然后她回爸妈那儿了。她想要我带她去突尼斯的海滩,我思忖着,我会不会在穿比基尼的海滩被妒忌的阿拉伯人捅刀子。那个礼拜布迈丁[①]废黜并处置了本·贝拉[②],局面会非常麻烦,还有我现在没钱,我不知道为什么她想要去突尼斯的海滩:在摩洛哥的海滩,已经有人叫我滚开了。

我就是搞不懂。

我以为女人爱我,然后等她们意识到我替整个世界酩酩大醉，她们就会明白我不能长时间地单单关注她们，这让她们妒忌，而且我是深爱上帝的傻瓜。就是那样。

何况，纵欲不是我的专长，还让我脸红——要看我面对的是什么样的女人。她不是我喜欢的风格。法国金发女郎是，但那位对我来说太年轻了一点。

接下去的时间我会被认作骑了一匹马驹离开蒙古的傻瓜——成吉思汗，或是先天愚型的蒙古傻瓜，其中一个。行啦，我不是傻瓜，我喜欢女人，礼貌待人，但容易不理智，就像我那打俄国来的表兄伊波利特。在旧金山有个老是要搭便车的人，叫乔·伊纳特，声称我的姓氏是个古老的俄罗斯姓氏，意思是"爱情"。凯鲁亚克。我说："接着他们去了苏格兰？"

"是的，接着是爱尔兰，接着是康沃尔、威尔士、布列塔尼，接下去的你都知道了。"

"跟俄国有关？"

"跟爱情有关。"

"你在开玩笑。"

——哦，然后我意识到了，"当然啦，除了蒙古国和那

---

① Houari Boumédienne（1927—1978），阿尔及利亚军官，曾任本·贝拉的国防部长和副总统。一九六五年发动政变推翻本·贝拉，出任总统。
② Mohammed Ahmed Ben Bella（1918—2012），阿尔及利亚独立战争的主要领导人之一。一九六三年被选为总统。一九六五年政变后下台被囚。

些可汗，以及那之前的加拿大和西伯利亚的因纽特人。转回去再绕地球一圈，不消说还有想都不用想的波斯人。"（雅利安人。）

不管怎么样，我和布列塔尼的古莱去了一家邪门的酒吧。那儿一百个各色各样的巴黎人正热切地听着一个白人和一个黑人辩论。我很快离开了那儿，留下他爱怎么样就怎么样，在温柔女郎酒吧又碰到了他，肯定有人打架了，或者，没打架，我不在那儿。

巴黎是个彪悍的城市。

九

事情的真相是,要是你是个因纽特人或蒙古人,你又怎么可能是个雅利安人?那个老乔·伊纳特脑子里全是大粪,除非他指的是俄罗斯。我们该让老乔·托尔斯泰搭车的。

为什么老谈这些事?因为我初中老师迪宁小姐,现在是新墨西哥圣詹姆斯教堂的玛丽修女(和犹大一样,詹姆斯也是玛丽的儿子),她写道:"我记得很清楚,杰克和他姐姐卡罗琳(小宁)是友善合作的孩子,有着不同寻常的魅力。有人告诉我们,他们家族来自法国,姓氏是德·凯鲁亚克。我一直觉得他们有着贵族的尊严和文雅。"

我提这个,是想说明是有举止这么回事。

我的举止,有时候惹人讨厌,但也可以讨人喜欢。随着年龄见长,我成了个醉鬼。为什么?因为我喜欢心醉神迷。

我是个无耻之徒。

但我深爱"爱"。

一〇

（奇怪的一章）

不单单那样儿，而且在法国你睡不上一夜好觉，早上八点他们就那么乌七八糟闹哄哄，对着新鲜的面包大呼小叫，会让厌憎魔都哭鼻子。忍了吧。他们的又浓又烫的咖啡、羊角面包、脆皮法式面包，还有布列塔尼奶油，啊，我的阿尔萨斯啤酒在哪儿？

顺带提一笔，找图书馆的时候，协和广场的一个宪兵告诉我，黎塞留街（国家图书馆所在的街）在那一边，手指着，因为他是个长官，我不敢说："什么？……不对！"因为我知道是在相反方向的某个地方——他是个中士一类的，当然应该知道巴黎的街道，却给一名美国游客指错了路。（或许他认定我是个自作聪明的法国人在跟他开玩笑。因为我的法语是地道的法语）——但不是那样，他指的方向是戴高乐安全机构的某座楼房，送我上那儿可能想着："那是国家图书馆，好吧，哈哈哈。"（"可能他们会毙了那只魁北克老鼠。"）——谁知道呢？巴黎任何一个有点年纪的宪兵都应当知道黎塞留街在哪儿——但是想着他可能没错，可能是我在家研究巴黎地图的时候搞错了，我便真的顺着他指的方向去了，不敢朝任何其他方向。我顺着香榭丽舍大街的西段走，然后抄近路穿过湿绿的公园，再穿过加布里埃尔街，到了某幢重要政府建筑的背后。突然，我看到了一个岗亭，从里面出来一个全副共和卫队装束（就像带着顶美冠鹦鹉帽的拿破仑）、佩带刺刀的警卫，他啪地立正，又以举枪致敬的姿势举起刺刀，但不是对着我，而是对着一辆满载保镖和穿黑色西装的家伙们的黑色高级轿车，车子飞驰而过。我悠闲地走过佩带刺刀的警卫，取出骆驼牌香烟的塑料烟盒，点燃一个烟蒂。很快两个巡逻的警卫从对面过来，注视着我的一举一动——我其实不过是在点一个烟蒂，但他们怎么能辨别呢？塑料及诸如此类的东西——这就是几个街区外庞大古老的戴高乐总统府周围一流严密的安保措施。

我去了街角的一家酒吧，敞开的门旁有一张凉快的桌子，我独自坐在那里喝了一杯干邑。

那儿的酒吧侍应非常礼貌，明确地告诉我该怎么去图书馆：顺着圣奥诺雷街走，然后穿过协和广场，接着是里沃利街，从卢浮宫往左拐进黎塞留街，见鬼的图书馆就在那条街上。

如此看来一个不会说法语的美国游客怎么游览呢?连我都那样儿。

要知道岗亭所在街道的名字我得从中情局订一份地图。

一一

黎塞留街上的国家图书馆,一座奇特庄严的教会风格的图书馆,有几千位学者和几百万本书籍,还有围着禅宗大师扫把(其实是法式围裙)的怪模怪样的图书管理员,他们对一位学者或是作家最钦佩的是好书法,而不是其他什么——在这儿,你觉得自己好像是一个摆脱了法国高中各种校规的美国天才。

我想要的只不过是:《布列塔尼名门之族谱,附有家族纹章图示》等,奥古斯丁·杜·帕兹修士编著,巴黎,N. 布翁出版社,一六二〇年,袖珍本 Lm^2 23 和馆藏 Lm 23[1]。

以为我拿到了书?根本没戏——

我还想要:圣玛丽的安塞姆神父(原名皮埃尔·德·古博尔斯),他的《法兰西王室贵族、大臣及国王家族与古代贵族的系谱和编年史》,R. P. 安塞姆,巴黎,E. 罗依森出版社,一六七四年,Lm^3 397。我得尽量把所有这些工整地写在索书卡上,年长的围着围裙的家伙跟年长的女管理员说"字写得不错"(指的是字迹清楚可辨)。他们自然都闻到了我身上的酒味,以为我是个疯子,但是看到我知道要什么书又知道该怎么要,他们都回到了满是灰尘的庞大的文件堆,还有有屋顶那么高的书架中去了。肯定得竖起一架高得会让芬尼根再摔一跤、发出的声音要比《芬尼根的守灵夜》里的还响的梯子。这回是名字的响,比无以计量的千千万万年更久远之前,印度佛教徒给如来或称永世万古的慈悲[②]的穿越者的真名: 开始啦,芬尼:

GALADHARAGARGITAGHOSHASUSVA-
RANAKSHATRARAGASANKUSUMITABHIGNA.

我提这个是为了表明,要是我不懂图书馆,明确点说,不懂世上最伟大的图书馆——纽约公共图书馆,我在那儿、在成千上百的不同东西中一字不差地抄下了这个长长的梵语名字,我为什么要在巴黎的图书馆被人怀疑呢?当然我不再年轻,而且"一股子酒味",还和图书馆里很有意思的犹太学者聊天(有个艾利·弗拉蒙德在做关于文艺复兴的艺术史的笔记,他很客气地尽力帮我),我仍旧不明

---

① Lm^2 23、Lm23 以及下文的 Lm^3 397 均为图书分类编号。
② 原文 Priyadavsana,疑为梵文 Priya-darsana(慈悲)之误。

白，为什么他们看到我要的书时便认定我是疯子。我是从他们既不正确又不完整的档案里抄录的，有关安塞姆神父的信息并不是我前面给你们看的那么完整，和在伦敦的完全正确的档案的记录一样，这是我后来找到的，那儿的国家档案还没被战火焚毁，我看到了我要的书，和他们后面书库里老书的实际书名并不一致。当他们看到我的名字是"Kerouac"，但是前面有个"Jack"，好像我是约翰·马里亚·菲利浦·弗利蒙特·冯·帕罗塔①突然从斯塔藤岛跑到了维也纳图书馆，在索书卡上签的名字是"Johnny Pelota"，要赫格特②的《哈布斯堡王室家族谱系》（不完整的书名），而不是照应当的那样拼作"Palota"，正如我的真正的名字应该拼作"Kerouack"，不过老约翰尼和我都经历了许多世纪的家族战争、纹章、翎饰，还有与菲兹威廉们的打斗，啊——

这不要紧。

而且，都那么早以前的事了，又毫无价值，除非你能在原野里找到真正的族碑，比如像我，去认领卡纳克该死

---

① Johann Maria Philipp Frimont von Palota（1759—1831），帕罗塔公爵，奥地利将军。
② Marquard Herrgott（1694—1762），德国本笃会历史学家和外交使节。在维也纳任外交使节期间，研究了哈布斯堡王室的历史，于一七三七年出版《外交使节之哈布斯堡王室家族谱系》（*Genealogia diplomatica Augusta Gentis Habsburgicæ*）。

的石桌坟？或是去认领叫"凯诺维克"的康沃尔语？或是去认领康沃尔凯内德杰克的某个峭壁上的古老小城堡或是康沃尔上百个叫做凯里尔的地方中的一个？或是在坎佩尔和凯鲁艾尔之外的科努瓦耶（布列塔尼的那一头）？

得了，不管怎么说，我想查明我的古老家族，我是二百一十年来第一个回到法国探寻的勒布里·德·凯鲁亚克。我计划去布列塔尼，接着去英国的康沃尔（特里斯丹[①]和马克国王的国度），然后我会去爱尔兰，碰到绮瑟[②]，像彼得·塞勒斯[③]一样，在一家都柏林的酒吧，脸被人揍一拳。

荒谬极了，不过喝了干邑后，我开心得很，决定试一试。

整座图书馆呻吟着，承受着几个世纪积攒下来的愚行记录的残零碎片的重压，仿佛不管是旧世界还是新世界的愚行，你反正都得录下来。一如我的柜子，塞满了不可思议的废物，几千封杂乱的旧信、书籍、灰尘、杂志、儿童时代的成绩单。诸如此类的东西让我在某个夜晚从一场干净无扰的睡眠中醒来后叹息，想着我是如此度过醒着的时

[①][②] Tristan, Isolde, 中世纪爱情传说中的主人公，特里斯丹来到爱尔兰为叔父康沃尔国王马克迎娶自己的旧爱绮瑟。
[③] Peter Sellers（1925—1980），英国著名喜剧演员。文中提及的是影片《真相》(*The Naked Truth*) 中的场景。

间的：让这些我或其他任何人都不会真想要的或是上了天堂还会记得的垃圾，成为自己的负担。

不管怎样，这是我在图书馆遇到的麻烦中的一例。他们没给我取来那些书。打开书时我担心它们会裂开。我真该做的是和那图书馆馆长说："我要把你装进马蹄铁，让马戴着你去参加奇克莫加之战①。"

---

① The Battle of Chickamauga，美国南北战争中的重要战役，北方联邦军失败。

一二

同时，我一直在问巴黎的每一个人："帕斯卡尔葬在哪儿？巴尔扎克的墓在哪儿？"终于有人告诉我帕斯卡尔肯定是葬在城外的波尔罗亚尔女隐修院，靠近他虔诚的詹森派教徒[1]姐姐。至于巴尔扎克的墓，我可不想午夜时分去墓地（拉雪兹神父公墓）。当凌晨三点坐疯狂的出租车呼啸着靠近蒙帕纳斯时，他们大声嚷道："那是你的巴尔扎克！他在广场上的塑像！"

"停车！"我下了车，抓起帽子大幅度鞠躬，看到了醉意浓浓细雨濛濛的街道上的塑像模糊不清的一团灰色，仅此而已。我连回旅馆的路都找不到，怎么找得到去波尔罗亚尔女隐修院的路？

更何况他们根本不在那儿，在那儿的只是他们的躯体。

---

[1] Jansenist，该教派强调宿命论，否认自由意志且认为人性本恶。被罗马天主教认为是异端。帕斯卡尔为其信徒。波尔罗亚尔女隐修院是十七世纪詹森派的活动中心。

一三

巴黎这地方，你真的可以在夜间四处走，然后找到你不想要的，哦，帕斯卡尔。

我朝歌剧院走去，上百辆的车子飞速拐过一个碍眼的弧形交叉转角，我等着让它们先过，所有其他的行人也一样等着，然后他们都开始过街了，但我又等了几秒钟，看着其他来自六个方向的车子快速驶过——然后我下了路牙，有辆车子单独弯过那个转角，好比是摩纳哥赛车比赛落在最后的车手，直冲冲地向我驶来——我刚赶得及退一步——掌方向盘的法国男人深信谁都无权活着，也无权像他那么快地赶到情人那儿去——作为一个纽约人，我跑着躲避无所顾忌嗖嗖驶过的巴黎车流，但巴黎人只是立在那儿然后悠闲地迈步，把情况留给司机去应付——那可真的行得通呢，我看到好多辆车子从七十英里的时速戛然停了下来，让一个散步的人慢慢走过！

我去大剧院也是为了上随便哪个看上去不错的餐馆吃

一顿，这是我专用于用心独自散步的清醒夜晚之一。但是，啊，雨中的哥特式建筑多么可怕，为了躲避黑漆漆的门道，我走在宽阔的人行道的正中央——不知何处的城市之夜、帽子、雨伞，这是怎样的风景啊——我甚至买不到一份报纸——上千人从某处的某场表演出来——我去了意大利大道上的一家拥挤的餐馆，独自坐在吧台末端的高凳上，又湿又无助，看着侍者用伍斯特酱还有其他什么捣碎牛肉饼，其他侍者端着装有好吃的东西的热气腾腾的餐盘匆匆走过——唯一一位富有同情心的吧台侍者拿来菜单和我点的阿尔萨斯啤酒，我告诉他等一会，他不能理解，喝和吃不同步，因为他共同参与了迷人的法国食客的秘密：一开始他们匆匆忙忙吃餐前小点和面包，然后一头扎进主餐（这总是在一口酒都还没喝之前），接下来他们缓了下来开始慢吞吞地消磨时间，随后是喝点酒漱漱口，接着有了交谈，接下来是一餐饭的后半部分，酒、甜点和咖啡，我做不了这些。

不管怎么着，我喝着第二杯啤酒，读着菜单，注意到隔着五个凳子有个美国人，不过，对巴黎彻头彻尾的嫌恶，让他有一副很难对付的模样，我不敢说："嗨，你是美国人？"——他来巴黎，指望着坐在盛开的樱花树下，沐浴在阳光中，漂亮的姑娘坐在大腿上，人们围着他跳舞。

现实恰恰相反，他独自一人在雨中的街头瞎逛，满脑子的陈腔滥调，甚至不知道红灯区在哪儿，也不知道圣母院在哪儿，还有第三大道格兰侬酒吧的那些人告诉他的某个小咖啡馆，一概不知道——当他付三明治的账时，他可真的是把钱扔在了柜台上："你反正不会帮我算出实价的，把钱收好吧，听着，我要回诺福克的老水雷网去了，和比尔·艾弗索尔在投注站里大醉一场，还有你们这些愚鲁的法国佬不懂的其他好玩的。"穿着被曲解的雨衣和破灭了梦想的雨靴，他怒冲冲地出了门……

接着进来两个从衣阿华来的美国教师，两姐妹到巴黎进行重要旅行，她们显然在不远处有个旅馆房间，除非观光大巴开到门口接她们，否则她们是不会离开房间的，不过，她们知道这家最近的餐馆，过来只不过买两只橘子明天早上吃，因为法国只有一种橘子，显然是从西班牙进口的巴伦西亚橘，对于急着快速简单地结束一夜节食、开始一日之餐这样的事来说，太昂贵了。于是我吃惊地听到了一个礼拜以来第一句清亮的美国话："你这儿有橘子吗？"

"什么？"——柜台侍者。

"那儿，在玻璃柜里。"另一个女人说。

"对，看到了吗？"手指着，"两只橘子。"伸出两个指头，柜台侍者取出两只橘子，装入一只袋子，从嗓子眼里

清晰地发出那些阿拉伯巴黎式的"r"音:

"三法郎五十生丁"也就是说,一个橘子三十五美分,不过两个老女人不在乎花多少钱,另外她们也不懂他说了什么。

"那是什么意思?"

"什么?"

"好吧,我摊开手掌,你从中取'咳哦咳—咳呃咳—咳哇咳'①,我们只想要橘子。"两个女人爆发出一阵尖声大笑,像是在自家门廊上,猫很有礼貌地从她手里取了三法郎五十生丁,留下些零钱。她们出了门,运气不错,不像那个美国男人一样独行……

我问了那个柜台侍者有什么真不错的吃食,他说阿尔萨斯泡菜,他端了过来——就是热狗、土豆和泡菜,不过,这种热狗嚼起来像黄油,还有一股味道,同从小餐馆厨房的门里飘出来的葡萄酒、黄油和大蒜全部一起煮的味道一样的鲜美——泡菜不比宾夕法尼亚州的好,土豆从缅因州到圣何塞一路都有,不过,噢,是的,我忘了:所有这些的上面,有一长条怪怪的软软的腌肉,和火腿肉很像,是所有这些中最好吃的了。

---

① Kwok-kowk-kwark,模仿上文"Trois francs cinquante"的发音。

我到法国来啥都不做,除了走路吃饭,这却是我十天里第一顿也是最后一顿饭。

但重提我跟帕斯卡尔说过的,正当我离开这家餐馆的时候(为这一浅盘简单的吃食付了二十四法郎或差不多是五美元),我听到雨中的大街上一声号叫——一个癫狂的阿尔及利亚人发疯了,对着所有人、所有事物大吼,还握着个什么,我看不见,很小的刀或物件或带有尖角的圆环或什么东西——我只得在门口停了下来——人们吓坏了匆匆忙忙走过——我不想让他看到我匆忙走开——侍者们出来了和我一起看着——他一边戳着室外的柳条椅,一边朝我们走过来——领班侍者和我镇静地看了对方一眼,好像是说:"我们是一伙的?"——但我那个柜台侍者开始和疯阿拉伯人说话。那阿拉伯人头发颜色其实挺淡的,很可能是一半法国人血统一半阿拉伯人血统,他们说着说着开始闲聊起来,我绕开他们走,冒着已是倾盆的大雨回家,只好招了一辆出租车。

浪漫的雨衣。

一四

我在房间里看着为这次重要旅行整理得如此巧妙的旅行箱。这次旅行的想法是上个冬天在佛罗里达时冒出来的，读着伏尔泰、夏多布里昂、德·蒙特朗（他的新书《独自旅行者是魔鬼》正摆在巴黎的橱窗里）——研究着地图，打算四处走一走，吃一吃，去图书馆找到我祖先的故乡，然后去到那个在布列塔尼的地方，不消说，那是海水冲洗着岩石的地方——我的计划是，在巴黎待五天，之后去菲尼斯泰尔那家海边的小旅馆，午夜时分出门，穿着雨衣，戴着雨帽，带好笔记本和铅笔，还有一个巨大的塑料袋可以在里面写字，也就是说，把手、铅笔和笔记本伸进塑料袋，雨落在身上的其余部位的时候，还可以干干爽爽地写字，写大海的声音，诗作《大海》的第二章标题是："大海，第二章，布列塔尼某地的大西洋的声音。"在卡纳克、孔卡诺、庞马尔角、杜瓦讷内、普鲁赞美多、布雷斯特、圣马洛，任一处附近，我的旅行箱里，有塑料袋、两支铅笔、备用的铅芯、笔记本、围巾、毛衣、衣橱里的雨衣,还有保暖鞋……

没错儿,是保暖鞋,我预想着要在巴黎的烈日下走长路,所以还从佛罗里达带了双空调鞋,但一次都没穿过,这一整段倒霉的时间里我只穿保暖鞋——巴黎的报纸上,人们在抱怨五月末到六月初整段时间的冷湿天气是科学家干预天气造成的。

还有我的急救包,写完后在布列塔尼海边寒冷的午夜思考时可用的手套,还有所有花里胡哨的运动衫和备用的袜子,我在巴黎从没穿过它们,更不用说在计划中要去的伦敦,之后的阿姆斯特丹和科隆更不用提了。

我已经想家了。

不过这本书是为了证实,不管你以何种方式旅行,不管旅行是"成功"或是提前结束,你总是能学到点什么而且学会改变想法。

一如往常,我只是把千言万语浓缩于一声力度极强又千面多义的"啊——哈!"之中。

一五

比方说，第二天下午，睡了一个好觉又打扮齐整后，我碰到一个从纽约来的犹太裔作曲家或什么的和他的新娘。不知怎么的，他们喜欢我。而且他们挺孤单的，我们一起吃了晚餐。那顿晚餐我没怎么吃，因为我又沉溺于喝纯干邑了——"我们去附近看场电影吧。"他说。我们确实去看了电影，是在我和餐馆里前后左右的巴黎人热切地聊了大半天后，电影是奥图尔和伯顿在《贝克特》中的最后几幕，非常不错，尤其是他们骑马在海滩上相遇的场景，我们道了别……

再一次，我进了温柔女郎酒吧正对面的餐馆，让·塔沙高度推荐的，他发誓说这次我会吃一顿全套巴黎大餐的——我看到过道对面一个文雅的男人正从一口大碗里舀着丰盛的汤，就点了那个，说"和那先生一样的汤"。结果是奶酪红椒鱼汤，和墨西哥辣椒一样辣，非常不错，而且是粉红色的——我还要了新鲜的法式面包和奶油浓汤，但是当他们给我上正餐时——用香槟烤、中途再淋香槟、然后再用香槟炒的鸡肉，配菜是捣碎的三文鱼、鳀鱼、格吕耶尔奶酪、切成小片的青瓜，以及和樱桃一般红的小番茄，接下来是，天哪，真正新鲜樱桃做的甜点，所有这些都佐以葡萄酿的酒，我得道歉，吃了所有这些之后，连动一动吃其他东西的念头都没有了（我的胃现在变小了，体重轻了十五磅）——但是那文雅的喝汤绅士接着又开始吃一条烤鱼，我们开始隔着整个餐厅聊天，结果我发现他是画商，在附近卖阿尔普①和恩斯特②的画作，认识安德烈·布勒东③，希望我第二天去他的店里参观。非常出色的一个人，犹太裔，我们是用法语交谈的，我甚至告诉他发"r"音我是卷舌头而不是用喉咙，因为我来自经布列塔尼到魁北克的中世纪法国家族，他同意，承认时下巴黎人的法语，虽然时髦华丽，但真的是在这两百年里被涌入的德国人、犹太人和阿拉伯人给改变了，更不用说路易十四宫廷里那些花花公子的影响，所有变化都是从那儿开始的。我又提醒他弗朗索瓦·维永④的名字以前是发"维尔翁"，

---

① Jean Arp（1886—1966），法国雕塑家、画家、诗人，达达主义和超现实主义艺术运动的代表人物之一。
② Max Ernst（1891—1976），德国画家、雕塑家和诗人，达达主义和超现实主义艺术运动的代表人物之一。
③ André Breton（1896—1966），法国理论家、诗人、小说家，超现实主义的创始人。
④ François Villon（约1431—1463），法国诗人。

不是"维永"（这是个讹误）。那时候，你不说"图瓦"或是"穆瓦"①，而是更像"图韦"或是"穆韦"（在魁北克我们还是那么说，在布列塔尼那两天我也听到这么说），但我最后提醒他——以此结束了我跨越餐厅的引人入胜的讲座，人们半是好玩半是关注地听着——弗朗索瓦原先也是发"弗朗索瓦"音的，不是"弗朗斯韦"，原因很简单，他是拼作"Françoy"，就像国王是拼作"Roy"，和"oi"无关，要是国王听到"Roy"发作"鲁韦"，他是不会邀请你参加凡尔赛宫的舞会的，而是给你戴上头罩，用车轮刑来对付你无法无天的脖子，或称犯上作乱，然后人头落地，②啥都没返回给你，丢得精光光。

诸如此类的话……

可能那就是我顿悟的一刻。或许，我就是那样顿悟的。随处都和上百个人用法语进行令人惊叹的真诚的长谈，我真的喜欢，也这么做了，可算是个成就，因为要是他们没听懂我说的每一个词，那他们是不可能就我的每一个观点给予详细的回答的。到后来我开始太自以为是了，甚至不再费力说巴黎人的法语，而是放开了左一句右一句地瞎说，把他们逗得乐不可支，因为他们仍旧能懂。看到

---

① toi，moi，法语，你，我。后面为两个词的不同发音。
② "车轮刑""脖子""犯上作乱""人头落地"的原文分别为：roué、cou、coup、recouped，是作者的文字游戏。

了吧,谢非教授和坎侬教授(我大学和预科的法语"老师",经常嘲笑我的"口音",不过还是给我 A 等)。

那些事儿说够了。

可以肯定地说,我回到纽约后,用布鲁克林口音说话,感到前所未有的开心,特别是当我回到南部,嚯嚯,各种各样的语言,怎样的一个奇迹啊,这个世界是个多么令人啧啧称奇的巴别塔。就像想象去莫斯科、东京或布拉格,听到所有那些城市的口音一样。

人们实际上明白他们的舌头在胡说些什么。他们的眼睛因为理解闪着亮光,作出的应答表明所有这些物和事中都有灵魂,舌、齿、嘴、石之城、雨水、冷热,这整个儿的混蒙一团——从尼安德特人的嘟嘟哝哝直到智慧的科学家探测火星的呜呜噜噜,不单如此,从约翰尼·哈特的食蚁兽的"咋咋咋咋"直到但丁先生忧伤的诗行——"在我那么凄惨地度过的一夜"①,他穿着裹尸的长袍,不用说也知道,在贝雅特里齐的臂弯里终于升入天堂。

提到贝雅特里齐,我回到温柔女郎酒吧去见美貌的金发姑娘,她可怜巴巴地叫了我一声"雅克",我不得不跟她解释,我的名字是"让",于是她哼哼唧唧地叫了声

---

① 见但丁《神曲·地狱篇》,第一歌,第二十一行。

"让",咧嘴笑了一下,和一个漂亮的年轻男孩离开了。我被留在那儿,坐在酒吧凳子上,向每个人叨唠着我可怜巴巴的孤独。夜晚是如此的忙碌,收银机哐啷哐啷地响着,在洗的酒杯乒乒乓乓,没人注意到我的孤单。我想跟他们说,并不是我们所有人都想成为蚂蚁,为社会集体作出贡献,而是每个人都是个人主义者,一个是一个,但行不通,试试把那些告诉进进出出、匆匆忙忙往来穿梭于纷纷扰扰世界之夜的人们,世界正绕着一条轴心转。私密的风雨已经成了公众的狂风暴雨。

不过让-皮埃尔·勒迈尔,年轻的布列塔尼诗人,正照看着吧台。除了法国青年,没有谁能那样的忧郁漂亮。而且他对我作为一个独自在巴黎的醉鬼访客这一傻乎乎的角色非常同情。他给我看了一首好诗,写的是布列塔尼海边的一间旅馆房,但随后又给我看了一首毫无意义的超现实主义的诗,写的是某个女孩舌头上的鸡骨头("带回去给科克托[①]看!"我感觉想要用英语吼叫),但我不想伤害他,他对我一直很不错,但不敢和我说话,因为他正当班,成群的人坐在露天的桌子边,等着他们的酒水,年轻的恋人

---

① Jean Cocteau(1889—1963),法国诗人、小说家、戏剧家、画家、导演。

头抵着头，我还不如待在家里，临摹格洛拉莫·罗马尼诺①的《圣凯瑟琳的神婚》，不过我沉溺于唇舌的喋喋不休，画画令我感到厌烦，何况学画画得耗上一辈子。

---

① Girolamo Romanino（1485—1566），意大利文艺复兴时期画家。

一六

我是在法兰西圣路易教堂对街的一家酒吧碰到卡斯泰尔嘉鲁先生的，我跟他说了图书馆的事——他邀请我第二天去国家档案馆，看看他能做什么——有帮人在里屋打台球，我看得非常起劲，因为近来在南边我开始打出几杆相当不错的球，特别是我喝醉的时候，要戒酒这是另一个好原因。我一直叫"好"（像在俱乐部的聚会室里，留着八字胡不见了门牙的英国人喊着"打得漂亮"），他们根本不理我——不过，不落袋的台球不对我的胃口——我喜欢球袋、洞口，我喜欢干脆利落的库边球，那种球除了用高杆左旋或右旋球，其他方法根本不可能落袋。只需偏杆一击，狠狠地，目标球落了袋，母球跳了起来。有一次，母球跳了起来，沿着桌边滚动，弹回到绿毡上，此局结束，和黑八落袋的结果一样——（我南方的台球伙伴克立夫·安德森管这种球叫"耶稣基督球"）——很自然，到了巴黎我想和当地的高手打一局，试试"大西洋彼岸的才子"，不过他们不感兴趣——我说过，我要去国家档案馆，它在一条名字古怪的路上，叫法兰克-布尔乔亚路①（你可以说是"直率的中产阶级之路"），就是你曾经看到老巴尔扎克松松垮垮的外套在某个急匆匆的下午翻飞着上他印刷商那儿去看校样的那样的街；或是像维也纳卵石铺就的街，莫扎特真的在某个下午穿着松松垮垮的裤子去见他的歌剧作者，一路咳着……

我被引入档案馆的主办公室，卡斯泰尔嘉鲁先生干净、漂亮、红润，有着一双蓝眼睛的中年脸上今天的神情比昨天忧郁——自从昨天他见了我之后，他妈妈就病得很厉害，他得去看她了，他的秘书会照看一应事务的，听到他这么说，我的心揪了起来。

我说过，她是那个美得令人神魂颠倒、妖得令人切切在心、想咬上一口的布列塔尼姑娘，她有着海水绿的眼睛、蓝黑色的头发，小小的牙齿前面有条小小的缝隙，要是碰到一个建议她把牙齿弄齐整的牙医，世上的每一个男人都应当把他绑在特洛伊木马的脖子上，赶在帕里斯扼住他那阴险又好色的高卢喉咙之前，让他看一眼被俘的海伦。

---

① Rue des Francs-Bourgeois，后文的"直率的中产阶级之路"为意译。

她穿着一件白色的编织毛衣，戴着金色的手镯什么的，用她海水般的眼睛打量着我，我打了招呼，几乎要向她敬礼，但只是私下承认这样的女人都是半神半人、引发战火的，不是我这般带着酒瓶子的平和的牧羊人能消受的——我既想与她亲近又碍于自己的脾性，要是两个礼拜脑子里转悠着这样的念头，我会成太监的。

当她开始啰啰嗦嗦，国家档案馆只有原稿，很多在纳粹轰炸期间被焚毁了，而且他们也没有"殖民事务"的记录时，我突然很想去英国。

"殖民！"我真愤怒了，盯着她吼。

"你们难道没有一七五六年蒙特卡姆部队军官的名单？"我接着说，起码提到了要点，但她那爱尔兰式的（是的，爱尔兰，因为所有的布列塔尼人都是以这样那样的方式来自爱尔兰，在高卢人被称作高卢人之前，在恺撒看到德鲁伊特[①]的树桩之前，在撒克逊人出现之前，在皮克特人[②]居住苏格兰之前或之后，等等等等）傲慢让我气得不行，还是没有，她那海水绿的眼睛看着我，呵，这下我看穿她了……

[①] Druid，古代凯尔特文化中一批有学识的人，在森林中居住，多担任祭司、教师和法官。关于他们的最早史料，产生于公元前三世纪。
[②] Picts，居住在现苏格兰东部和东北部的古代非凯尔特民族之一，九世纪左右，苏格兰人的国王统一了苏格兰人和皮克特人的王国，发展为后来的苏格兰。

"我的祖先是国王的一名军官,他的名字我刚刚跟你提过,年份也提过了,他来自布列塔尼,他们告诉我他是个男爵,我是家族里第一个回到法国查询历史记载的。"不过我随后就意识到我更加傲慢,不对,不是比她更傲慢,而是比街头的乞丐更加简单无知,居然说出这些话,居然想找到历史档案,印证真假。作为一个布列塔尼人,她很可能知道只有在布列塔尼才找得到,因为天主教的布列塔尼和共和党无神论的巴黎之间有一场叫做"旺代"的小战争①,在离拿破仑的坟墓不过一箭之遥的地方提这个太可怕了……

主要事实是,她听卡斯泰尔嘉鲁先生说了关于我的一切,我的名字、我的追寻,让她感觉是一件很傻的事,尽管是高尚的,高尚的含义是无望的高贵的努力。谁都知道,附近的约翰尼·马吉,随便碰碰运气,都能在爱尔兰发现他是莫豪特②的国王的后代,那又怎样?约翰尼·安德森、约翰尼·戈德斯坦、任一姓氏的约翰尼、秦林、小朴、罗恩·普杜尔——随便谁,任何一个人。

而对我来说,一个美国人,查查那儿的原始资料,即

---

① Guerre de Vendée,旺代战争,又称旺代叛乱,从一七九三年三月至十二月,历时九个月。旺代地区农民信奉天主教,反抗共和国政府,最终被镇压。一八一五年,拿破仑百日复兴时,也曾派兵平息保王党的旺代地区。
② Morholt(或 Marhalt),古代爱尔兰武士。各版本的特里斯丹和绮瑟传奇中均有此人物。

使真有什么和我的问题相关，又有什么用？

　　我忘了是怎么走出那儿的，但那位女士不高兴，我也不高兴——不过有关布列塔尼，我当时不知道的是，尽管坎佩尔是科努瓦耶国的古都、君主或世袭伯爵的居住地，后来是菲尼斯泰尔省的省府等等这些，在所有无趣的大城市中，因着它离首都的距离，还是被巴黎当红的才子认为是乡巴佬待的地方。因此，就像你可能会对一个纽约的黑人说"你要不规矩点，我送你回阿肯色去"，伏尔泰和孔多塞会哈哈大笑说"你要不懂，那我们送你上坎佩尔去，哈哈哈"一样，把那个和魁北克及世人皆知无趣的法裔加拿大人联系在一起，她肯定是窃笑不已。

　　听了别人的建议，我去了靠近圣米歇尔堤岸的马萨林图书馆，去那儿也没什么进展，除了年长的女图书馆员对我眨眨眼睛，给了我她的名字（乌里女士），还告诉我随时给她写信。

　　所有该在巴黎做的事都做完了。

　　我买了一张去布列塔尼布雷斯特的机票。

　　去酒吧和所有人道个别，其中有个布列塔尼人古莱说："小心一点，他们会把你留在那儿的！"

　　又及：骆驼背上的最后一根稻草，买机票之前，我去找我的法国出版商，报上了名字，要求见老板——女孩要么相信我是出版社的作者之一，我至今总共已经在那家出版社出版了六本小说，要么不相信，但她冷冷地说老板出去吃中饭了。

"那好吧，米歇尔·莫尔在哪？"（用的是法语。）（算是我在那儿的编辑，布列塔尼人，来自卢基莱克的拉尼永湾。）

"他也出去吃中饭了。"

但事实是，他那天在纽约，不过她才懒得跟我说。这个秘书肯定以为自己就是狄更斯《双城记》中的德伐日太太，将要送上断头台的人的名字编入印刷商的织物，和我一起坐在这个专横的秘书前的还有半打的未来作家，或热切或焦虑，带着他们的手稿，他们听到我的名字，都给了我一个毫不掩饰的难看脸色，像是喃喃自语："凯鲁亚克？我可比那个垮掉一代的疯子写得好十倍，我可以用这部稿子来证明。书名叫《唇之寂》，讲的是勒纳尔走进门厅，点燃一支烟，不愿承认看到了毫无故事的同性恋女主角那个悲伤的模糊的微笑。她父亲在可卡蒙伽战役中想强奸一只麋鹿，他刚死了，然后下一章，知识分子菲利普入场，点燃一支烟，来了个存在主义的一跃越过我接下去留出的一页空白，所有这些以一段宽泛的独白结束，这个凯鲁亚克能做的不过是写故事,呸!""而且品位这么差,甚至在厨房的一出'重要事件'中都没有一个特征明显的女主角,比如穿着多米诺便裤,替她妈妈用榔头、钉子把鸡钉在十字架上处死。"呵,我感觉很想哼吉米·兰瑟福特[①]的老歌:

"不是你做什么

而是你怎么做!"

看到我四周险恶的"文学"氛围,而且那女人也不会让我的出版商按响蜂鸣器传唤我进他的办公室正儿八经聊聊,我起了身,吼道:

"真是狗屁,我要去英格兰了,"但是我其实应当说,"小王子要去小不列颠(或布列塔尼)了。"

[①] James Melvin Lunceford (1902—1947),美国摇摆乐时代的爵士音乐家和乐队领队。

一七

我在圣拉扎尔火车站买了一张内陆航空公司的去布雷斯特的单程机票（不是听了古莱的建议），兑了一张五十美金（不小一笔钱）的旅行支票，回到旅馆房间，花了两小时重新打包行李，这样所有东西都不会出错，又检查了地板上的地毯，看看有没有留下可能从我身上掉落的绒毛，打扮得齐齐整整地（刮了脸等）下了楼，向恶女人和她的丈夫（打理旅馆的好男人）道了别。这下戴上了帽子，那顶我计划在午夜海边岩石上戴的帽子，总是往下拉一点遮住左眼，我猜是因为以前在海军服役时就是这样子戴海军帽的——没有"请再来"的大声召唤，不过总台的服务员留心地看着我，像是他还想什么时候再和我打交道。

我们上了出租车去奥利机场，又是冒着雨，现在是早上十点，出租车以漂亮的速度疾驰，掠过所有那些打着干邑广告的标牌，还有标牌之间的小得令人称奇的乡村石屋，法式花园里花果蔬菜打理得很精致，一切都绿意盎然，我想象时下古老的英格兰一定也这样。

（真是个傻蛋，我以为我能从布雷斯特飞到伦敦，像乌鸦那样飞的话两地直线距离不过一百五十英里。）

我在奥利机场内陆航空的柜台托运了我小而沉的行李箱，接着四处逛逛，直到十二点的登机呼叫。那个机场候机厅里的咖啡馆非常不错，我在那儿喝了干邑和啤酒，候机厅不像艾德威尔德肯尼迪机场[①]——豪华的地毯，鸡尾酒吧卖着"人人安静的"酒，一点都没那么沉闷无趣。我第二次给了坐在厕所前面桌子旁的女人一法郎，问她："你为什么坐那儿？人们为什么要给你小费？"

"因为我清扫厕所。"我立刻听懂了，也非常感激，想到我在家里的妈妈，当我坐在摇椅里对着电视大声辱骂时，她得清扫屋子。于是我说：

"献给一位法国女郎。"

我原本可以说："地狱白猫头鹰圣特蕾莎！"她也同样 wouldna cared。(Wouldnt have cared[②]，不过我缩略了句子，效仿那位伟大的诗人罗伯特·彭斯[③]。)

现在我哼的是《玛蒂尔达》，因为奥利机场广播航班的

---

① John F. Kennedy International Airport，纽约肯尼迪机场，因建于艾德威尔德高尔夫球场，最初被称作艾德威尔德机场。
② 英语，不会在意。前一处为该句子的缩略形式。
③ Robert Burns (1759—1796)，苏格兰诗人。

铃声就像那首歌,"玛——蒂尔——达",接着是从容的女声:"飞往卡拉奇的泛美航空六〇三航班正在三十二号门登机。"或是"飞往约翰内斯堡的荷兰皇家航空的七〇九航班正在四十九号门登机"等等。算是个什么机场。别人听到我哼着"玛蒂尔达"走遍了机场,我已经在咖啡馆和两个法国人以及一条达克斯猎犬聊了一大通关于狗的事情,这下我听到"飞往布雷斯特的内陆航空三号航班正在九十六号门登机",我开始走——沿着一条长长的平坦的走廊。

我发誓走了有四分之一英里,差不多到了候机厅的尽头,那儿有一架内陆航空的、我猜是双引擎的旧 B‑26 飞机,忧心忡忡的机械师们都围着左舷一侧的螺旋桨拨弄着……

正是起飞时间,正午。不过我问了在那儿的人:"出了什么事?"

"延误一小时。"

这边没有厕所,没有咖啡屋,于是我一路走回咖啡屋去消磨一小时,等待着……

一点钟回去。

"延误半小时。"

我决定坐下等,但在一点二十我突然想上厕所,我问了一个去布雷斯特的貌似是西班牙人的旅客:"你认为我够时间去候机厅的厕所吗?"

"当然啦,时间足够。"

我看了看,那边机械师们仍旧焦虑地在拨弄着,于是我又匆匆回头走了四分之一英里上厕所,又开玩笑地给了法国女郎一法郎,突然我听到"玛——蒂尔——达"的调调里夹着"布雷斯特"一词,于是我像克拉克·盖博一样大步快走赶回去,和小跑着的田径运动员差不多快,你知道我说的是什么,但当我赶到那儿,飞机正在跑道上滑行,舷梯已经收回,那些背叛了我的人刚刚爬了上去,他们带着我的行李箱去布列塔尼了。

一八

现在我应当在整个法国东走走西看看地逛一遍,两手不沾尘,一张开开心心的游客脸。

"狗屎!"我在柜台前骂了一句(主啊,我为此抱歉),"我要坐火车去追他们!你卖我一张火车票?他们带着我的行李箱飞走了!"

"你得去蒙帕纳斯站买票,不过我真的很遗憾,先生,这是最荒谬的错过飞机的方式了。"

我心里嘀咕:"就是啊,你们这帮吝啬鬼,为啥不造个厕所?"

我上了一辆出租车,跑了十五英里回到蒙帕纳斯站,买了一张去布雷斯特的单程车票,头等车厢。当我想着我的行李箱,还有古莱的话时,我也想起了圣马洛[①]海盗,不消说还有潘赞斯的海盗[②]。

管他呢。我要赶上那帮耗子。

我随着成千上百的人上了火车,原来布列塔尼有个节日，每个人都赶着回家。

车上的隔间是拿头等车厢票子的乘客坐的，窄窄的窗边过道里拿着二等车厢票子的乘客靠窗站着，看田地匆匆掠过——我没进我挑的车厢的第一个隔间，里面只有女人、婴儿，没有其他人——凭直觉，我知道自己会选第二个隔间——我真的选了那间！因为我在那儿见到的全是"红与黑"，也就是说，军队和教堂，一个法国士兵和一个天主教神父。不仅如此，还有两个看上去很顺眼的老妇人，角落里有个怪模怪样的家伙看上去醉醺醺的，这样就是五个人，留下第六个也是最后一个位子给我。我立即报上名字"让-路易·勒布里·德·凯鲁亚克"，当然是在问了"我可以坐这里吗？"之后——我知道我到了家乡，他们能理解我家在加拿大和美国学的那些不伦不类的举止。"可以。"于是我说了声"请原谅"，跨过女士的大腿，一屁股坐在神父的旁边，帽子早脱了，跟神父打了招呼："日安，神父。"

这才是去布列塔尼的实实在在的方式，伙计们。

---

① Saint-Malo，位于布列塔尼大西洋边上的城市，十七、十八世纪时以海盗出没闻名，被称为"海盗之城"。
② Pirates of Penzance，维多利亚时代的幽默剧作家吉尔伯特和作曲家苏利文合作完成的同名音乐喜剧中的人物。

一九

可是可怜的小个子神父，黑皮肤，叫黑黝黝吧，非常瘦小，他的手颤抖着，像是得了疟疾，说不定是因为帕斯卡尔式的对绝对等式的渴望，或许帕斯卡尔以他绝妙的《致外省人信札》①把他和其他的耶稣会士吓坏了，但不管怎样，我看到了他深棕色的眼睛里面，看到了他对万事万物死记硬背下的一丁点怪怪的理解，这也包括对我，我拿手指敲敲锁骨，说：

"我也是个天主教徒。"

他点点头。

"我戴着圣母像，还戴着圣本笃像呢。"

他点点头。

他个子那么小，你大喊一声，比如"哦，天主"，就可以把他给吹走了。

不过现在我的注意力转向角落里的那个普通人，他正看着我，那双眼睛和我认识的一个叫杰克·菲茨杰拉德的爱尔兰人一模一样，同样疯癫而焦渴的斜睨，像是他马上要说"得，藏在雨衣里的酒在哪儿"，但是他用法语说的是：

"脱下你的雨衣，把它放在架子上。"

我没法子撞上了金发士兵的膝盖，我道着歉，士兵哀哀地咧嘴一笑（因为我一九四三年曾和澳洲人一起坐火车穿越战时的英格兰），我把揉成一团的雨衣推了上去，对着女人笑了笑，她们只想回家，让这些形形色色的人见鬼去。我跟角落里的家伙说了我的名字（我说过我会的）。

"啊，那是个布列塔尼名字。你住在雷恩？"

"不是，我住在美国的佛罗里达，但我出生在等等等等。"整个儿的长故事，他们挺感兴趣，然后我问了那家伙的名字。

是让-马里·诺布莱这个美丽的名字。

"是布列塔尼人吗？"

"没错。"

我正想着，诺布莱、古莱、哈维、尚塞克雷，这个地方真是有许多有趣的拼写呢。这时火车启动了，神父吁出口气安心坐了下来，女人们点了点头，诺布莱看看我，像

---

① *Les Provinciales*，帕斯卡尔用笔名路易·德·蒙达尔脱，以巴黎人的身份写给一位外省朋友的十八封信，在信中揭露和抨击了耶稣会士的道德松弛倾向。

是他想要对我眨眨眼建议我们接下来去喝酒,前面的旅途长得很。

于是我说:"我们,你和我,上乘务员那儿买点吧。"

"如果你想试试,行啊。"

"有什么不妥的?"

"来吧,你会知道的。"

当然啦,我们得在七节挤满站票乘客的车厢里匆匆穿梭,又不能撞了谁,穿过轰鸣着摇晃着的连廊,跃过垫了书坐在地上的漂亮姑娘,避免和那帮水手、老乡绅发生冲撞,一辆归家过节的火车,就像是七月四日或是圣诞节时大西洋海岸线铁路公司的从纽约出发一路去里奇蒙、落基山、佛罗伦萨、查尔斯顿、萨凡纳和佛罗里达的火车一样,每个人都带着礼物,像是我们无需提防的希腊人,不怀坏心……

不过我和老让-马里找到了卖酒的人,买了两瓶桃红葡萄酒,在地上坐了一会儿,和某个家伙聊了会儿,然后抓住了正从另一边回来的卖酒的人,酒瓶几乎都空了,又买了两瓶,成了莫逆之交,又赶回了我们的隔间,感觉妙极了,晕乎乎,醉醺醺,疯癫癫——你可别以为我们没有用法语你一言我一句地交换信息,我们像巴黎人那样讲法语,他一个英语单词都没说。

我们经过沙特尔大教堂时，我连往窗外看看的机会都没有。教堂有两座不同的塔楼，一座比另一座早了五百年。

二〇

诺布莱和我争论着宗教、历史、政治,我们隔着可怜的神父的脸挥着酒瓶子,过了一个钟头,我意识到了,突然转向在那瑟瑟发抖的神父,问他:"你介不介意我们的酒瓶子啊?"

他看了我一眼,像是说:"你说的是我这个老酿酒的?不,不,我得了感冒,你知道,我感觉病得厉害。"

"他病了,他得了感冒。"我得意洋洋地告诉诺布莱。那个士兵一直笑个不停。

我得意洋洋地和他们所有人说:"耶稣被送上十字架钉死了,因为他没有带来金钱和权力,他只是捎来保证:万物的存在由上帝创造,属于上帝圣父,他,圣父,会在死后让我们升上天堂,那儿没人需要金钱权力,因为那些终究不过是尘与锈——我们这些没见过耶稣神迹的人,就像犹太人、罗马人、一小撮希腊人,还有别的来自尼罗河和幼发拉底河的人,只能继续接受录在《圣经·新约》里传下来给我们的保证——这就像是一见了谁,我们就会说'不是他,不是他!',却不知道他是谁一样,而且只有圣子才能知道圣父——因此得有信仰,以及尽力护卫信仰的教堂。"

神父没有鼓掌,不过他侧过脸,飞快地看了我一眼,那是赞许的眼神,感谢上帝。

二一

那是我的"悟"吗?那个眼神?或是诺布莱?

不管怎样,天暗了下来,我们到雷恩的时候,这就是在布列塔尼了,我看到了草地上温顺的奶牛,草地靠近铁路的地方显出蓝黑色。和巴黎好开玩笑的人的建议不同,诺布莱建议我不要待在这节车厢里,而是往前挪三节车厢,因为列车员马上要分开列车,会把我就留在那儿(而这节车厢其实是前往我真正的故土,科努瓦耶及其周边地区),但是捉弄人的是我要去布雷斯特。

随着其他人,他领我下了火车,陪我沿着蒸气弥漫的站台走过去,在酒贩子前叫我停了下来,让我可以买上一瓶子酒在余下的旅途喝,然后道了别:到了雷恩,他到家了,神父和士兵也到家了。雷恩,整个布列塔尼先前的首府,大主教所在地,第十军团的总部,有大学和许多学校,但并非真正的布列塔尼的腹地,因为一七九三年,这儿是法国革命中共和军镇压再往里去的旺代人的总部。自那时起,就被当成"法庭看家狗"督视着那些野狗出没之地。历史上的旺代战争中两股势力之间的冲突是这样的:布列塔尼人以博爱之名反对不信神的刽子手革命党人,为维护传统而坚持他们原先的生活方式。

和公元一九六五年的诺布莱毫无干系。

犹如一个塞利纳①笔下的人物,他融入了黑夜,但讨论一位绅士的离去,比喻有什么用呢,而且那姿态和贵族一般高贵,但不像我那么醉。

我们自巴黎旅行了二百三十二英里,到布雷斯特还有一百五十五英里(末端,fini 土地,terre,末端之土地,菲尼斯泰尔,Finistère),所有的水手还是在火车上,这很自然,我原本不知道布雷斯特是海军基地,在这里,十八世纪七十年代的某个时候,夏多布里昂听到了大炮轰隆隆的响声,看到了舰队从某次战斗凯旋归来。

我的新隔间里只有一个年轻的母亲带着一个吵闹的女婴,还有个我猜是她的丈夫的男人,我只是偶尔呷口酒,然后去走廊看看窗外缀着灯光的黑夜掠过,一座孤零零的花岗岩农舍只有楼下的厨房里亮着灯,还有山峦和荒野模模糊糊的影子。

咔嗒咔嗒。

---

① Louis-Ferdinand Céline(1894—1961),法国作家,因首部小说《长夜行》(又译《茫茫黑夜漫游》)成名。

二二

我和那对年轻夫妇相处甚欢,到了圣布里厄①,列车员叫喊着:"圣布里——厄!"我叫喊着:"圣布里厄克!"

列车员见没人下车或上车,站台冷冷清清,又重复了一遍,并教我如何发好这些布列塔尼的地名:"圣布里——厄!"

"圣布里厄克!"我叫道,你看到了强调的是那地名的"克"的音。

"圣布里——厄!"

"圣布里厄克!"

"圣布里——厄!"

"圣布里——厄克!"

"圣布里里——厄!"

"圣布里里——厄克!"

这下子他意识到他是在和一个疯子较量,不和我玩了。难得的是,我没有被扔出火车,没有被扔在那个叫做

"北滨海"的荒凉的海岸边,因为他不敢扔,毕竟小王子有他的头等车票,尽管更像个刺儿头。

不过那很好玩,我也仍旧坚持,如果你在布列塔尼(古代名字叫阿莫利卡),凯尔特人的故土,"K"音应发作"克"——还有,我在别的地方也说过,如果"凯尔特"是发清音"s",像盎格鲁-撒克逊人发的那样,我的名字听起来会是这样(还有其他名字):

  杰克·萨鲁亚克

  约翰尼·萨森

  参议员鲍勃·塞尼迪

  霍帕朗·萨斯迪

  德博拉·塞尔(或叫萨尔)

  多萝西·斯尔加伦

  玛丽·萨尼

  希德·思姆普莱顿[2]

    还有

---

① Saint-Brieuc,法国西北部城市,北滨海省首府。后文的"圣布里——厄"和"圣布里厄克"原文分别为 Saint Brieu 和 Saint Brieuck,是 Saint-Brieuc 的不同发音形式。
② 以上人名按正确发音应为:杰克·凯鲁亚克、约翰尼·卡森、鲍勃·肯尼迪、霍帕朗·卡斯迪、德博拉·克尔、多萝西·基尔加伦、玛丽·卡尼、基德·金普莱顿。

索沃尔的萨纳克①的石碑

不管怎么说,康沃尔有个地方叫圣布雷奥克,我们都知道那该怎么发音。

我们终于到了布雷斯特,铁路线的终端,没有陆地了,我帮夫妻俩提了他们的便携式婴儿床——她就在那儿,阴郁的细雨丝般的雾,注视着少数下车乘客的陌生的面孔,远远地传来一声船只的鸣笛,对街一家阴郁的咖啡馆,主啊,在那儿我不会得到同情,我来到了有暗门的布列塔尼。

干邑,啤酒,过后我问旅馆在哪儿,就在建筑工地对面——左面,石墙俯瞰着草地、陡坡和隐隐绰绰的房子——不远处雾号呜呜——大西洋的海湾和港口。

我的行李箱在哪儿?阴郁的旅馆里的前台服务员问,为什么在航空公司的办公室,我猜……

没有房间。

我胡子没剃,穿着连雨帽的黑色雨衣,脏兮兮的,走出那儿,噼里啪啦地走在黑魆魆的街上,看上去像是个正经美国男生,老少不论,惹上了麻烦。我朝着主街走去——我马上认出来这是主街,暹罗②路。暹罗国王来这儿

---

① 按正确发音为"康沃尔的卡纳克"。
② Siam,泰国的古称。一六八六年六月,暹罗国王访问法国,受到路易十四接见。

访问的时候以他命名的,访问沉闷无趣,肯定也很郁闷,他大概以最快速度跑回到他的热带金丝雀身边去了,柯尔贝尔①新的石砌矮防护墙可不会在一个佛教徒心中激发什么希望。

不过,我不是佛教徒,我是个重返祖先故土的天主教徒。这片土地曾经在几乎不可能获胜的情况下为天主教而战,但最终胜利了,可以肯定,破晓时分,我会听到教堂的钟声为死者敲响。

我走向暹罗路上最明亮的酒吧。暹罗路很像你过去常见的那些主街,比如说,四十年代的马萨诸塞州斯普林菲尔德或是加利福尼亚的雷丁的主街,或是詹姆斯·琼斯②在《有人跑步前来》中写到的那条伊利诺伊州的主街……

酒吧的主人站在收银机后面,估测着隆尚的赛马——我立即开口,跟他说了我的名字,他的名字是魁雷(让我想起了魁北克的拼法),他任我坐着,消磨时间,爱喝多少就喝多少——同时,年轻的酒吧侍应也很高兴和我说话,显然他听说过我的书,但是过了一会儿(而且就像温柔女郎酒吧的皮埃尔·勒迈尔),他突然神情僵了,我猜是老板

---

① Jean-Baptiste Colbert(1619—1683),法国政治家,长期担任路易十四的财政大臣和海军国务大臣。
② James Jones(1921—1977),美国作家,《有人跑步前来》(*Some Came Running*)是他的第二部作品,同名电影(中译《魂断情天》)获得巨大成功。

给了他信号，要做的事太多了，去洗水槽里的玻璃杯。我又在一家酒吧待得时间太长，不受欢迎了……

我在父亲脸上看到过那表情，一种抿着唇厌恶的"有啥用"的哼，或是呸或是啐，不是输了离开赛马跑道时，就是不喜欢酒吧发生的事而离开时，还有别的时候，尤其是想到了历史和世界的时候。不过等我脸上挂出那表情的时候，就是我走出那家酒吧的时候——酒吧的店主，非常热情地招待我了半小时后，注意力转回到他的数字上去，带着任何一个地方忙碌的店主都会有的很狡猾的四下观望的神色——但有什么很快不一样了。（第一次给出我的名字。）

他们给我的找旅馆的指点并没有让我进而，或者说退而，找到一处真真切切、有砖有瓦、里面有张床可供我的脑袋安放的住处。

我在极黑的夜、极浓的雾中游荡，所有的东西都关闭了。小流氓们开着小车，有的骑着摩托车呼啸而过，有的站在街角。我向每个人打听哪儿有旅馆。他们什么都不知道。快到凌晨三点了，"阿飞们"（我是这么称呼他们的）成群结队地走过来，又过了街。不过，所有店家都打烊了，最后一家夜间俱乐部送走了几个吵架的顾客，他们围着车子乱哄哄地嚷嚷着，大街上留下的还有什么？

然而，奇迹般的，我突然遇到一群（大约十二个）海军新兵。他们在雾气重重的街角齐声唱一首军歌。我直接向他们走去，看了一眼领头歌手，用我酗酒嘶哑的男中音，开始"啊啊啊啊啊啊"——他们等着——

"万万万福"

他们想这疯子是谁，

"马——利——亚——！"

啊，"万福马利亚"，接下来的曲调，我不知道词，只是哼唱了旋律，他们跟着唱，接上了调子，我们成了男中音、男低音的合唱团，突然像悲伤的天使般慢慢地吟唱——如此唱完了第一节整段合唱——在雾气浓重的夜露中，在布列塔尼的布雷斯特，然后我道了别，走开了。他们一个字都没说。

某个穿着雨衣戴着帽子的疯子。

二三

　　唔,人们为什么要改名?他们做了什么坏事,他们是罪犯,他们为自己的真名感到羞愧?他们在害怕什么?美国有什么法律妨碍你使用你的真名?

　　我来到法国和布列塔尼只是为了查询我这个古老的姓氏,差不多有三千年历史了,这么些年来从未改变过,因为谁会修改意思不过是"房舍"(Ker)"在田间"(Ouac)的名字呢?

　　就像你说"宿营"(Biv)"在田间"(Ouac)(除非"bivouac"是个早年俾斯麦造的词的不正确拼写,这么说挺傻的,因为"bivouac"这个词开始使用的时间远远早于俾斯麦的一八七〇年)——"Kerr",或是"Carr",这个姓氏的意思就是"房舍",那为什么还要搭上田间呢?

　　我知道康沃尔凯尔特语叫"凯诺维克"。我知道在卡纳克的凯里亚伏尔有石碑群叫做"石桌坟",在凯马里奥、凯勒斯冈、凯都亚德克,还有附近一个叫做凯鲁阿尔的镇子，有些石碑群叫做"石阵"，我还知道布列塔尼人最初叫做"布雷翁"（也就是说，布列塔尼人叫"勒布雷翁"）。我还有一个附加的名字"勒布里"，这下我是在"布雷斯特"，这是不是会让我成了个从德国里施泰特石碑林来的辛巴里①间谍？里施塔普②是不是也是一个德国人的名字，他费尽心血搜集了各家族的姓氏及他们的盾形纹章并编辑成册，使得我的家族被《纹章学评论》收录？你说我是个势利眼——我只是想找出为什么我的家族从来没有改过名字，没准会在那儿找到故事，我肯定追根溯源可至康沃尔、威尔士、爱尔兰，可能之前还有苏格兰，然后下行越洋到了加拿大圣劳伦斯河边的城市，那儿有人告诉我，我有贵族领地，这样我就可以去那儿住着（和数千个有着同一姓氏的堂兄弟们一起，都是罗圈腿的法裔加拿大人），而且永远都不要纳税。

三月时节，精力充沛的美国人，有一辆庞迪亚克，一大笔住房贷款，还有溃疡，怎会对如此伟大的历险不感兴趣！

嗨！我还应对那些海军小伙子这么唱：

---

① Cimbri，古代日耳曼或凯尔特部落，源于日德兰半岛，侵占了高卢和意大利北部，于公元前一〇一年被罗马人击败。
② Johannes Rietstap（1828—1891），荷兰纹章学家和系谱学家，出版《纹章总编》（Armorial Général），收录了十三万欧洲家族的纹章。凯鲁亚克称其为德国人，疑似有误。

"我加入了海军
为了看看世界
我看到了什么?
我看到的是海。"

二四

这下我开始害怕了。我游荡着的小路前方,有些人在街上来来往往,我怀疑其中几个正蓄谋抢劫我余下的两三百美金——雾气很重,除了载满男人的汽车的轮胎猛然发出的嘎吱声,现在没有姑娘了——我生起气来,向一位明显年长的印刷工走去,他正赶着回家,刚下了班或是下了牌局,可能是我父亲的鬼魂,因为那天晚上我终于到了布列塔尼,我父亲肯定会从天上看着我,他和他的兄弟、他的叔父还有他们的父亲都渴望着来,只有可怜的小让最后成行,可怜的小让,他的瑞士军刀放在行李箱里,行李箱被锁在隔了二十英里沼泽地的机场——他,可怜的小让,眼下不是受到布列塔尼人的威胁,不是像那些马上比武大赛的早上,我猜那些彩旗和抛头露面的女人让打斗成了件光彩的事;而是在阿帕切的小路上,受到醉酒的华莱士·比里[①]的威胁,当然要比这更糟,薄薄的胡子,薄薄的刀锋,或是一把小小的镀镍的枪——请不要上绞刑,我穿着盔甲，我的德意志帝国图案的盔甲——就这件事开开玩笑是多么容易啊，当我隔了四千五百英里写着这些话，安安全全地待在佛罗里达的家中，门上了锁，治安官为镇子尽着力，这个镇子虽然同样糟糕，甚至更糟，但雾没那么浓，夜没那么黑……

我不断地往后看，一边问印刷工："警察在哪儿？"

他急匆匆地走过我身边，想着这不过是要抢劫他的开场白。

在暹罗路，我问一个年轻人："警察在哪儿，他们的办公室？"

"你不要出租车吗？"（用法语说的。）

"到哪儿去？没有旅馆吗？"

"警察局沿着暹罗路走，然后左拐，你就看得到了。"

"谢谢，先生。"

我沿街走去，确信他给我指的路是又一条行不通的路，因为他和小流氓们是一伙的，我往左拐，朝后看，一切突然变得极其安静，然后我看到了一座楼房在浓雾中透出朦胧的灯光，楼房的背后，我猜是警察局。

我静听。四下没有一点声响。没有嘎吱作响的轮胎，

---

① Wallace Beery (1885—1949)，美国演员，凭借电影《舐犊情深》(*The Champ*) 获第五届奥斯卡最佳男演员奖。

没有咕哝的声音，没有突然发作的大笑。

难道我神经错乱了？和大瑟尔树林子里的那只浣熊一样地发疯，或是那儿的矶鹞，或是任何一种鹰鹫，天上的流浪者，或是六十六号公路遛遛的大象熘熘的茄子溜溜须拍拍马的，还有其他更多。

我直接走进了警察局，从胸前口袋里取出我的绿色美国护照，递给前台的警官，告诉他我不能没有一间房间、整个晚上在街上逛等等，有付一间房间的钱等等，行李箱被锁住了等等，错过了我的飞机等等，我是个游客等等，还有我害怕了。

他听懂了。

他的上司走出来，我想是副队长，他们打了几个电话，从前面开了辆车出来，我塞给前台警官五十法郎，说："非常感谢。"

他摇摇头。

这是我口袋里剩下的三张票子中的一张（五十法郎值十美金），我把手伸到口袋里去的时候，我以为可能是那张五法郎的纸币，或是十法郎，不管怎样，那张五十法郎出来了，就像你随便抽了一张牌，想到我企图贿赂他们，我觉得挺羞愧的，那只不过是小费——但是你不应给法国的警察"小费"。

事实上，这是共和军在护卫一个旺代布列塔尼人的后裔，他没有隐退的暗门被抓住了。

就像我应当把法兰西圣路易大教堂里得的二十生丁放入捐款箱、体现真正的博爱的精华一样，我其实可以在出去的时候让钱落在警察局的地板上，但是这样的念头怎么可能自动进入像我这样一个狡诈卑鄙的法裔加拿大人的脑袋？

或者，要是念头进了我的脑袋，他们会不会大声嚷嚷行贿了？

不会，法国的警察自有他们的一套。

二五

　　这个在美加经历了两个世纪的稀释的懦弱的布列塔尼人（我），非他人之过只是我的错，这个在威尔士亲王领地上会被嘲笑的凯鲁亚克，因为他甚至不会狩猎、打鱼、为他的父辈拼得一块牛肉，这个夸夸其谈的，这个脾气坏又无能的，这个怒气冲天、色胆包天、一无是处的，"这只充满怪癖的箱子"①，莎士比亚说到福斯塔夫时说的，这个冒牌货②实际上不是个先知更不是个骑士，这块怕死的肿瘤，在卫生间里肿胀勃起，这个从足球场跑掉的奴隶，这个出局的艺术家兼低劣的小偷，这个在巴黎沙龙大声嚷嚷、在布列塔尼浓雾中哑然无言的，这个在纽约美术画廊说笑逗乐、在警察局和长途电话中哭鼻子的，这个假正经，这个资料袋里装满港口和对折纸的胆小的海军副官，这个胸前佩花却嘲笑花刺的，这阵飓风，就像曼彻斯特和伯明翰这两个城市的煤气厂，这截火腿，这个男人的耐心女人的内裤的试验者，这堆啃啮着生锈的马蹄铁③指望从哪儿赢一场比赛的朽烂的骨头……总之,这个吓破了胆、丢尽了脸的傻瓜,满嘴喷屎的人类的后裔。

警察自有他们的一套,意思是,他们不接受贿赂或小费,他们用眼睛说话:"各归所属,你有你的五十法郎,我有我光荣的公民精神——也是文明气度。"

砰的一声——他开车送我去了维克多·雨果街上的一家布列塔尼小旅店。

---

① this trunk of humours,出自莎士比亚的《亨利四世》(上篇)第二幕第四场。
② false staff,同上文提到的福斯塔夫(Falstaff)同音。
③ 有迷信认为生锈的马蹄铁能带来好运。

二六

一个瘦削的家伙,像个爱尔兰人,走了出来,在门口紧了紧浴袍的带子,听了警察的解释,好吧,带我进了总台隔壁的房间,我猜那儿是男人带他们的姑娘过来快干一场的地方,除非是我错了,又开始对人生开玩笑了——床单上铺着十七层毯子,床是再好不过了,我睡了三个小时,突然他们又吵吵嚷嚷争着吃早饭了,隔了院子的呼喊声,乒乒乓乓,锅子的撞击声,二楼的鞋子落在地上,公鸡啼鸣,这是法国,清晨。

我得瞧瞧去,反正我也睡不着了,我的干邑在哪儿!

我就着小水槽用手指刷了牙,用指尖梳了头发,真希望行李箱在这儿,就那样走出了旅店,很自然地要去找厕所。那是旅店老板,其实是个三十五岁的年轻人,布列塔尼人,我忘了或省了问他的名字,不过他不介意我头发蓬乱,也不介意我得让警察帮我找个房间,"厕所在那儿,右手第一间"。

"厕所？"我大喊。

他给我的脸色是说："上厕所去，闭上嘴。"

我出来时，是想去房间里的水槽梳梳头发，但他早已在餐厅帮我叫了早餐，那儿除了我们没其他人……

"等等，梳好头发，拿好香烟，还有，啊，先来杯啤酒怎样？"

"什么？你有病？先喝咖啡，吃面包和黄油。"

"就一点点啤酒。"

"行吧，行吧，就一瓶……回来后坐这儿，我厨房里有活要干。"

这些都说得又快又连贯，不过我说布列塔尼人的法语不用像说巴黎人的法语那么费劲，只需说："得了，我喝一点啤酒醒醒神你怕什么呢？"

"我们不用啤酒来醒神，先生，而是用一顿美味的早餐。"

"是呀，但不是每个人都是酒鬼。"

"别那样说，先生。在那儿，看，这儿，用乳脂做的上好的布列塔尼黄油，刚刚出炉的新鲜面包，浓浓的热咖啡，我们是这样醒神的——这是你的啤酒，这儿，我把咖啡搁在炉子上暖着。"

"好！这下我见到个好人了。"

"你法语不错，不过你有口音……"

"没错，加拿大的。"

"是啊，因为你拿的是美国护照。"

"但我没从书上学法语，是在家里学的，在美国，嗯，我五六岁之前都不会说英语，我父母是在加拿大魁北克出生的，我母亲的姓氏是莱韦克。"

"啊，那也是个布列塔尼姓氏。"

"怎么回事，我以为是诺曼底姓氏。"

"好吧，诺曼底，布列塔尼……"

"这个，那个……不管怎样，都是法国北方人，对吧？"

"嗯，是的。"

我用那瓶阿尔萨斯啤酒给自己的杯子斟了个奶油似的覆顶，西部最好的啤酒，他在一边厌憎地看着。他穿着围裙，楼上有房间要清扫，这个迷迷糊糊的法裔加拿大人美国公民拖着他有什么事，他为什么老是会碰到这事儿？

我跟他说了我的全名，他打了个哈欠，说："是呀，布雷斯特有很多叫勒布里的，两打吧。今天早上你起床之前，有一群德国人就在你坐着的地方好好地吃了一顿早餐，他们现在走了。"

"他们在布雷斯特玩得开心吗？"

"当然啦！你一定要住些日子！你昨天才到这

儿……"

"我要去内陆航空公司拿我的行李箱,我要去英国,就今天。"

"但是……"他无助地看着我,"你还没看过布雷斯特呢!"

我说:"这么说吧,要是今晚我能回这儿睡觉,我就可以待在布雷斯特,毕竟我得有某个去处。"("我可能不是个有经验的德国游客,"我心里加了一句,"我一九四〇年没去布列塔尼,不过我肯定是认识几个马萨诸塞州的男孩,一九四四年轰炸圣洛①时,他们为了你们游览了当地,我真的认识。而且还是法裔加拿大男孩。")够了,因为他说:

"呃,今晚我可能没有房间留给你,不过也可能有,都得看情形,瑞士旅游团要来了。"

("还有阿特·布赫沃尔德②,"我心想。)

他说:"吃你上好的布列塔尼黄油吧。"黄油装在一个陶制的两英寸高小桶里,很宽又很可爱,我说:

"我吃完黄油后,这个黄油桶给我吧,我妈妈会很喜欢的,这可作为从布列塔尼给她带的纪念品。"

---

① Saint-Lo,法国诺曼底城市,二战诺曼底战役期间,整座城市几乎被毁。
② Art Buckwald(1925—2007),美国著名专栏作家,二十世纪五六十年代为法国版《纽约先驱论坛报》供稿。

"我从厨房给你拿个干净的。你吃早饭,我上楼去铺几张床。"我咕咚咕咚灌下余下的啤酒,他送来咖啡,急匆匆地奔上了楼,我从那小桶里刮出(像凡·高抹在画布上的一团一团黄油色)新鲜的乳品厂制作的黄油,一刮几乎就是全部,抹在新鲜面包上,然后咔嚓咔嚓,吧唧吧唧,就像你吃菲多利玉米片,克鲁伯和雷明顿甚至还没起身把一只小号茶匙插入管家切好的柚子①,黄油已经吃完了。

是在维克多·雨果旅馆顿悟的吗?

他下来的时候,什么都没剩下,除了我和一支烈性的吉塔尼(意思是吉卜赛)香烟还有四处弥漫的烟雾。

"感觉好一点了?"

"全靠黄油……特特制面包,细腻的浓咖啡……不过这下我想要我的干邑了。"

"行,付了你的房费,沿着维克多·雨果街走,街角有干邑,取了你的行李箱,解决好事情,回这儿来,看看今晚是否有房间,除此之外,老朋友老尼尔·卡萨迪②无能为力了。各就其位,我有老婆孩子在楼上,正忙着摆弄花

---

① 克鲁伯(Krupp)和雷明顿(Remington)为欧洲姓氏。此处凯鲁亚克用"菲多利玉米片"和"管家切好的柚子"指欧美饮食习惯的差异。
② Neal Cassady(1926—1968),"垮掉的一代"的代表人物之一,《在路上》中迪安·莫里亚蒂的原型。旅店服务员可能读过凯鲁亚克的书,以尼尔·卡萨迪自况。

盆,要是,为什么要是有一千个叙利亚人穿着诺米诺埃①特有的棕色袍子正捣毁这地方,他们还是会让我干所有的活,其实,你知道,这儿是很难捕到鱼的凯尔特海域。"(为了"逗你开心",我把他的想法牢牢地留在那儿;要是你不喜欢,就叫它"投你开花",也就是说,我投了一个又高又狠的球击中了你。)

我说:"普鲁赞美多在哪儿?我想在晚上坐在海边写诗。"

"啊,你说的是普鲁赞美代……啊,不关我的事……我得去干活了。"

"好吧,我走了。"

不过,把他作为普通布列塔尼人的代表,也还行吧?

---

① Nominoe(约800—851),由虔诚者路易授权统领布列塔尼。八四六年成为布列塔尼第一位公爵。

二七

于是，我听从指点去了街角的酒吧，进了门，吧台后是个布尔乔亚老爹或更可能是凯维勒根①或是凯这个凯那个的，给了我冷冰冰的海军陆战队兵佬的脸色，搞得我晕头转向，我说："干邑，先生。"他动作慢得要命。一个年轻的邮差走了进来，肩上挂着皮制的袋子，开始和他说话。我端着美妙的干邑找了张桌子坐下，刚抿了一口，便一阵哆嗦，想起了整个晚上我都在惦念着的东西。（除了轩尼诗、拿破仑和莫内，他们还有好些牌子，难怪那个为着他妄思妄想网里的黑狗哭泣的老男爵温斯顿·邱吉尔，总是嘴里叼着根雪茄在法国画画。）店主眯起眼看我。用意明显。我朝邮差走去，说："内陆航空公司在城里的办事处在哪儿？"

"不知道。"（但用法语说的。）

"你是布雷斯特的邮差，连一个重要的办事处在哪儿都不知道？"

"那儿有什么重要的?"

("嗯,首先,"我借助灵异通感,对自己说一并回答他,"这是你能离开这儿的唯一途径……迅速地。")但我说出口的只是:"我的行李箱在那儿,我得把它取回来。"

"呀,我不知道在哪儿。你知道吗,老板?"

没回答。

我说:"得。我自己去找。"然后喝完了干邑,邮差说道:

"我只是个邮差。"

我用法语跟他说了些在天堂出版的话②,我坚持只用法语。"你在邮局工作,但你竟然不知道一个重要的机构应该是什么样子的?"

"这份工我才做不久。"他用法语说。

我不想啰嗦什么观点了,但听听这个:

法国人拒绝承担解释的责任,这不是我的错,或任何一个美国游客甚至是爱国分子的错——要求隐私是他们的权利,但胡说可被起诉,哦,培根先生和库克先生③——如

---

① Kervélegan (1748—1825),出生于布列塔尼的坎佩尔,曾参与过法国大革命。
② 艾伦·金斯堡的《嚎叫》的题献中,称凯鲁亚克、尼尔·卡萨迪和威廉·巴勒斯的作品"在天堂出版",指他们的作品不是为出版而写作,而是在拓展语言、想象力和文学的疆域。
③ Edward Coke (1552—1634),英国早期法理学家,对英国的普通法有深远影响。

果事关公民福利或安全的丧失，胡说，或是欺骗，可以被起诉。

就像某个黑人游客，比如说塞内加尔的凯恩老爹在第六大道和三十四街路口的人行道走上前来，问我哪条路是去时代广场的南方旅馆的，我相反指给他去鲍厄里①的路，在那儿他可能会（比如说）被巴斯克和印第安的劫匪给杀了，有个目击者听到我给这位无辜的非洲游客指了错误方向，然后在法庭作证说他听到的这些胡说的指点具有剥夺通行权或是社交权或是正确方向权的企图。还是让我们炸了所有不合作没礼貌的分裂主义的鼠辈，戏弄人的和被戏弄的，以及其他什么派别的。

不过酒吧老店主还是轻轻地告诉了我办事处在哪儿，我谢过他走了。

---

① Bowery，美国纽约曼哈顿区南部的一个地段，因酒吧、低级的犯罪和流浪汉而有恶名。

二八

这下我看到海港了,厨房后面的花盆,古老的布雷斯特,不远处有些小船和两三艘油轮,浓云翻滚的灰色天空下的荒凉岬角,有点像新斯科舍①。

我找到了办事处走了进去。那儿有两个人物忙着整理所有东西的葱皮纸复印件,膝盖上都没坐着个相好的,不过她就在后面。我把想法、文件都摆了出来,他们说等一小时。我说我想今晚飞伦敦。他们说内陆航空不直飞伦敦,而是回到巴黎,你换另外一家公司。("布雷斯特与康沃尔隔了不过一根毛发的距离,"我希望我能跟他们说,"为什么要飞回巴黎?")"好吧,那我飞到巴黎。今天什么时候?"

"今天不行。下个从布雷斯特飞的航班是星期一。"

我只能想象自己整整一个周末在布雷斯特游来荡去,没有房间,也没有人说话。就在那时,我眼里一亮,想到:"现在是周六早上,我可以去佛罗里达,还赶得及大清早的漫画增刊,那人正好将它们扑通一声投在我家车道上!"——"有没有回巴黎的火车?"

"有的,三点钟。"

"卖我一张票?"

"你得自己上那儿去。"

"再问一下我的行李箱?"

"中午前到不了。"

"所以我要去火车站买张车票,和斯泰平·费契特[②]说一会儿话,管他叫'乔老黑',还唱一下那首歌,给他一个法式贴面礼,两边颊上各啄一下,给他一枚两角五分的硬币,然后回到这儿。"

我其实没有说这些话,但是我应当说的,可我只是说了"好吧",然后就去了车站,买了张头等车票,原路回来,那时我早已成了布雷斯特街道的专家,顺便看了一下,还没有行李箱,去了暹罗街,干邑和啤酒,没劲,回来,没有行李箱,上了这个布列塔尼"空军"的办事处隔壁的酒吧,我应当给战略空军司令部的麦克穆伦写长信说说这个办事处……

我知道那边有许多我应当去看看的大大小小的美丽的

---

① Nova Scotia,加拿大东南岸省份,临大西洋。
② Stepin Fetchit (1902—1985),美国喜剧演员,以其扮演的头脑简单、懒惰奴性的黑人形象著名。

教堂，然后去英格兰，但英格兰既然在我心中，我又何必去呢？而且，文化和艺术多么迷人并不重要，没有同情心它们就毫无用处——再怎么美丽的织锦、土地、人民，如果没同情心，一文不值——要是没有仁慈博爱的诗歌，天才诗人不过是墙上的摆饰……这意味着基督是对的，自那时起的每个人（那些"思考过"并写过和自己的观点相反的观点的人，比如像西格蒙德·弗洛伊德和他对无助性格的冷冰冰的蔑视），都是错的——错在像威·克·菲尔兹[①]那样，认为人的一生"充满着明显的危险"，不过你知道当你死的时候你会被送上天堂，因为你没干过坏事，啊，把那个带回布列塔尼还有其他地方——我们需不需要一个"坏事定义大学"教教这个？别让任何人驱使你去做坏事。炼狱护使有两把通往圣彼得之门的钥匙，他自己是第三把，也是决定性的钥匙。

你也别逼迫任何人去做坏事，否则的话，你的眼球还有其他部位会被放在易洛魁人的火刑柱上炙烤，而且由魔鬼自己来操办，那个选了犹大来嚼嚼的魔鬼。（出自但丁。）

你做过的任何坏事都会以百倍回报于你，一点一滴，依据的法则就是通行于目前科学所称的"越深入越神秘的

[①] W. C. Fields（1880—1946），美国喜剧演员，以其扮演的憎恶人类的喜剧人物形象著名。

研究"的法则。

来，再查查这个，克莱顿，你的调查完成的时候，天堂里的猎犬会直接带你去玛撒[①]的。

[①] Massah，见《圣经·旧约·出埃及记》，摩西带领的以色列人测试上帝是否与他们同行。应验后，摩西称该地为玛撒，意为测试。

二九

于是为了不错过我的行李箱及其装的每一样东西,我进了那家酒吧,像是和喜剧演员乔·伊·路易斯[①]一样,我可以试试随身带着我的东西上天堂。当你活在地球上的时候,连你衣服上粘着的猫毛都蒙了福佑,之后我们可以一起对着恐龙瞠目结舌、跌跌撞撞。行了,这家酒吧到了,我进了门,呷了会儿酒,走回两扇门,行李箱终于在那儿了,拴在一条链子上。

工作人员什么都没说。我提起箱子,链子掉了下来。我提起箱子的时候,在那儿买票的海军军官盯着我看。我给他们看匙孔旁边的黑纸带上用橙色颜料写的名字,我的名字。我带着它,出了门。

我拖着行李箱进了富尼耶的酒吧,将它藏在角落里,然后坐在吧台边,摸了摸火车票,有两个小时可以喝酒等待。

这地方叫做"雪茄"。

店主富尼耶走了进来，不过三十五岁，立即开始打电话，说了这些话："喂，是，五，对，四，对，二，好。"砰地搁下听筒。我意识到这是个赛马投注处。

　　于是我很开心地告诉他们："你们知道谁是美国当今最好的赛马师吗？"

　　好像他们关心这事儿。

　　"图尔科特！"我得意洋洋地大声说，"一个法国人！难道你没看到他赢了那场必利是锦标赛[②]？"

　　必利是，失利是，他们甚至从来没听说过，他们有巴黎赛马大奖赛要担心，更不消说市议会大奖赛，角斗士大奖赛，圣克劳德、拉菲特城堡和奥特伊的赛马场，还有万塞讷的赛马场。想到这世界真是太大了，全球的赛马手甚至都不能一起聚会，更不用说台球手了，我惊得张开了嘴。

　　不过富尼耶对我真的很客气，说："上个礼拜我们这儿来了几个法裔加拿大人，你应当在这儿的，他们把领带留在墙上了：看到了吗？他们有把吉他，嘟嘞嘟地哼哼歌，很热闹、很开心。"

　　"记得他们的名字吗？"

---

① Joe E. Lewis（1902—1971），美国喜剧演员、歌手。
② Preakness，美国巴尔的摩市皮姆利科跑马场每年五月第三个周六举行的平道跑马赛。

"没有……不过你，美国护照，你说是勒布里·德·凯鲁亚克，到这儿来找你家族的消息，为什么几个小时就要离开布雷斯特？"

"唉……你来告诉我。"

"在我看来，要是你费了那么大的劲远道而来，几经周折赶到这儿，像你说的经过巴黎和众多图书馆，既然你到这儿了，要是这个电话簿里的叫勒布里的电话一个不打，人也一个都不见，那会很遗憾……瞧，这儿有十来个呢。药剂师勒布里，律师勒布里，法官勒布里，批发商勒布里，饭店老板勒布里，书商勒布里，船长勒布里，儿科医生勒布里……"

"有没有一个喜欢女人大腿的妇科医生勒布里？"我叫喊着，酒吧里所有的人，包括富尼耶的女侍应，坐在我旁边凳子上的老头儿，都很自然地，大笑起来。

"勒布里……嘿，别开玩笑……银行家勒布里，法官勒布里，殡仪师勒布里，进口商勒布里……"

"给饭店老板勒布里打电话，我赠送我的领带。"我把我的蓝色人造丝针织领带取下来，递给了他，像在家时那样敞开了领口。"我搞不懂这些法国电话"，我加了一句，又给自己加了一句。（"不过，哦，你当然懂啦。"因为我想起了我在美国的好伙伴，从第一场赛事直到第九场，他坐在床沿上,嘴里叼着烟,不过不是浪漫的亨弗莱·鲍嘉[①]时刻叼在嘴上的大雪茄,只不过是老万宝路的小烟头,前一天就焦黄燃光了,他打电话出手太快了,要是苍蝇没让路,他可能就一口咬了下去。他一拿起电话,铃声都还没响,已经有人和他在说话了:"哈罗,托尼?选四、六、三,五块钱。")

谁会想到在对祖先的追寻中,我会最终进了布雷斯特的一个赛马投注处,哦,托尼,我朋友的兄弟?

回到正题,富尼耶真的打了电话,接通了饭店老板勒布里,让我用我最优雅的法语得到了邀请,挂了电话,举起双手,说:"行,去见这个勒布里。"

"古老的凯鲁亚克家族在哪儿呢?"

"可能在坎佩尔的科努瓦耶乡村,这儿南边的菲尼斯泰尔的某个地方,他会告诉你。我的名字也是个布列塔尼名字,为什么要激动呢?"

"可不是每一天都碰得到的。"

"是吗?"(差不多。)"对不起,"电话铃响了。"领带拿回去,是条不错的领带。"

"富尼耶是个布列塔尼名字?"

[①] Humphrey Bogart(1899—1957),美国著名电影演员,主演过《马耳他之鹰》《卡萨布兰卡》等。

"当然是咯。"

"天哪,"我大声嚷道,"突然每个人都是布列塔尼人了!阿韦、勒迈尔、吉本、富尼耶、迪迪埃、古莱、莱韦克、诺布莱,老阿尔马洛①在哪儿?还有老朗德纳克侯爵?②还有凯鲁亚克小王子,圣体盒,我找不到……"

"就像马匹一样?"富尼耶说,"不!戴着蓝色小贝雷帽的律师们已经改了所有那些。去见勒布里先生。还有别忘了,如果你回到布列塔尼和布雷斯特,和你的朋友或你母亲——或你的表亲上这儿来——不过现在电话铃响了,对不起,先生。"

于是我离开那儿,在白晃晃的日光下提着那个行李箱沿着暹罗路走,行李箱有一吨重。

---

①② Halmalo, Marquis de Lantenac,雨果小说《九三年》中的人物。朗德纳克侯爵为旺代叛军首领,阿尔马洛是一水手,曾预谋杀害朗德纳克,但被后者感动、说服。

三〇

这下开始了另一次历险。这是家非常不错的饭店,就像纽约城的约翰尼·尼科尔森饭店,尽是大理石台面的桌子、红木家具和雕像,但非常小,而且没有像艾尔和其他那些穿着紧身裤跑来跑去上菜的小伙子,这儿全是姑娘。不过她们是店主勒布里的女儿和朋友。我进了门说"勒布里先生在哪儿",他邀请了我。她们说"等在这儿"。她们走开了去看看楼上。终于可以了,我提着行李箱上了楼(感觉她们开始甚至都不相信我,那些姑娘)。我被领进一间卧室,那儿有个尖鼻子的贵族大中午的躺在床上,身边有个巨大的干邑瓶子,还有香烟(我猜是),好几层的毯子上有个维多利亚女王尺寸①的宽大的被褥(被褥,我的意思是六乘六的枕垫),他的金发医生正站在床脚边建议他如何安躺——"坐这儿",就在他这么说着时,一位侦探小说家走了进来,戴着整洁的金属框眼镜,本人也像天堂的大头针那么整洁,带着他迷人的妻子——然后可怜的勒布里的妻子走了进来，一位极出挑的深发女子（富尼耶跟我提起过），还有三个美得摄魂的姑娘，原来是一个已婚、两个未婚的女儿——勒布里先生极费力地从他那堆美妙的枕垫（哦，普鲁斯特）里撑起身子，递了杯干邑给我，语调轻快地跟我说：

"你是让-路易·勒布里·德·凯鲁亚克，电话里你提过他们也提过的那个名字？"

"正是，先生。"我给他看了我的护照，上面写着："约翰·路易斯·凯鲁亚克"，因为你不能既叫做"让"又要周游美国加入国家商船队。但是"让"是约翰在法语里的男性名字，"让娜"是女性名字，但是，当港口领航员叫你掌舵驶过水雷网，在你身旁说"2度，50度，1度，稳住，走"时，你不能跟你罗伯特·特立特·潘恩汽船[②]的甲板长说这些。

"是，长官，2度，50度，1度，稳住，走。"

"2度，50度，稳住，走。"

"2度，50度，稳住，走。"

"2度，50度，9度，稳住，稳——住，走。"我们轻

---

① Queen Victoria（Size），queen size 指大号，用维多利亚女王有调侃之意，也突出尺寸确实很大。
② SS Robert Treat Paine，一九四四年十月凯鲁亚克在纽约搭乘这艘商船去弗吉尼亚州的诺福克。

松地穿行于水雷网中,进入了港口。(诺福克,一九四四年,之后我跳了船。)为什么领航员挑了老凯罗阿克?(Keroac'h[1],我的叔伯祖辈们之间早先的拼写争执。)因为凯罗阿克手稳,你们这帮不会写字更不会看书的鼠辈……

所以我护照上的名字是"约翰",曾经有一次是"肖恩",那次是奥谢和我把赖安给揍了一顿,墨菲大笑,我们揍赖安的地方是一家酒吧。

"你的名字是……"我问。

"尤利塞·勒布里。"

展开在枕垫上的是他的家族系谱图,其中一部分叫做勒布里·德·卢代阿克,显然他是特地为了我的到访找人准备好的。不过他刚刚做了疝气手术,因此他躺在床上,他的医生很关心,告诉他该做什么,然后离开了。

起初我心想:"他是犹太人吗?假装是法国贵族?"因为他身上有点什么乍一看像犹太人,我说的是你有时候可以看到的特别的种族类型,纯种的极瘦的犹太人,蛇形的前额,或是说鹰形的,还有那管长鼻和遮起来的滑稽的"魔鬼之角"[2],秃发从两边开始,当然那毯子底下他肯定有长而瘦的脚(不像我又厚又短又胖的农夫脚),他肯定是

---

[1] 凯鲁亚克(Kerouac)姓氏的变体。
[2] devil's horns,指 V 型发尖。

左一摆右一摆的姿势,也就是说,迈出步子,不用前脚掌而是用脚后跟走路——还有他令人愉悦的浮华气质,他的华托①式的香味,他的斯宾诺莎②式的眼睛,他的西摩·格拉斯③(或是西摩·怀斯④)式的优雅,虽然我很快就意识到我从来没有见到过长成那样的人,除非是在另一种人生中。一个典型的花花公子坐长途火车从布列塔尼到巴黎,可能是和阿贝拉尔⑤一起,只是来看看喧闹的人群在枝形吊灯下蹦跳,在人迹罕至的墓地里与人偷欢,又对城市生厌,回到他齐整的树林子,至少他的坐骑知道怎么慢跑、疾走、飞驰或起跳来穿过林子——孔布尔和尚塞克雷之间的几堵石墙,又有什么关系?一位真正优雅的……

我立即跟他说了,一边仍然在研究他的脸,看他是不是个犹太人,不过不是的,他的鼻子像剃刀一般欢快,他的蓝眼睛无精打采,他的"魔鬼之角"往外钻,他的脚看不到,他的法语发音,甭管是谁,即便是西弗吉尼亚的老卡尔·阿德金斯,他要在那儿,都会觉得听起来清晰极了,每个词说得都是为了让人听明白。啊,碰到一位老派

---

① Jean-Antoine Watteau (1684—1721),十八世纪法国洛可可时期的代表性画家。
② Baruch Spinoza (1632—1677),荷兰哲学家。
③ Seymour Glass, J. D. 塞林格系列短篇小说中的人物。
④ Seymour Wyse,凯鲁亚克中学时的好友,引导他深入了解了爵士乐。
⑤ Peter Abelard (1079—1142),法国中世纪经院哲学家、神学家和逻辑学家。

的布列塔尼贵族,想告诉加布里埃尔·德·蒙哥马利[①]那老家伙,玩笑开好了——若是为着这样一位人物,军队自然能组建起来。

关于布列塔尼贵族和布列塔尼天才的古老魔法,大师马修·阿诺德[②]曾这么说:"一丝丝凯尔特血统有'海洋陆地前所未有的光芒',揭示一件司空见惯的事物的某种神秘的特质,或令它染上这种特质,没人知道是怎么回事。"

[①] Gabriel de Montgomery(1530—1574),法国国王亨利二世的近卫队队长。在一次马上武术比赛时,误伤亨利二世,导致后者去世。一五七三年在诺曼底叛乱被镇压。一五七四年被处以死刑。
[②] Matthew Arnold(1822—1888),英国诗人、文化评论家。

三一

都是恭维,不过说完了,我们开始稍微说会儿话……(亲爱的美国我出生地的人民,又用了糟糕的法语,糟得可与他们在埃塞克斯说的英语相比了)。我:"啊,先生,真见鬼,再来一杯干邑。"

"给,能人。"(和"男人"谐音。让我最后再问你个问题,我的读者,除了在书里,你还能在哪儿回过头去,抓住你错过的,不仅如此,还能品味品味,留着它,胡乱塞到哪里?有没有哪个澳洲人跟你说过这个?)

我说:"啊呀,但你是个优雅的人物呢,不是吗?"

没有回应,只是目光炯炯地瞟了一眼。

我觉得像个傻瓜不得不自我解释一下。我盯着他。他的头鹦鹉似的转向小说家和女士们。我察觉到小说家的眼里闪着一丝兴趣。他可能是个警察,因为他写侦探小说。隔着枕垫,我问他认不认识西姆农?有没有读过达希尔·哈米特、雷蒙德·钱德勒,还有詹姆斯·凯恩,更不消说比·特拉文?

我本可以和尤利塞·勒布里先生进行长时间的严肃讨论,要是他读过英国的尼古拉斯·布雷顿、剑桥的约翰·斯凯尔顿、永世光辉万丈的亨利·沃恩,那更不消说乔治·赫伯特——或许你还可以加上,泰晤士河畔诗人约翰·泰勒?

我和尤利塞各自思绪万千,谁都无法插进对方的思绪,说句话。

三二

不过我到家了,这一点毫无疑问,除非我是想要一颗草莓,或是松松爱丽思的鞋舌,否则躺在坟墓里的赫里克[①]和尤利塞·勒布里都会朝我大吼,叫我别乱动东西,就在那一刻,我磨伤了我的座骑的皮肉,滚了下来。

唔,随后尤利塞羞涩地转向我,只是很快地看了我一眼,然后转过头去,因为他知道当每个贵族和他的猫对万事万物都有所评论的时候,要谈话是不可能的。

但是他看着我说:"过来,看看我的家谱。"我听从了,乖乖地,我是说,我反正也看不到更多,不过我用手指追寻着一百个古老的名字,它们都有不同的分支,比如菲尼斯泰尔、北滨海和莫尔比昂[②]的名字。

用一分钟想想这三个名字:

(一)Behan

(二)Mahan

（三）Morbihan

Han？（"Mor"在布列塔尼的凯尔特语中意思只是"海洋"。）

我盲目地搜索着那个古老的布列塔尼名字达吾拉，"德洛兹"③是我发明的一个变体，只是在我早年写作的时候用着好玩（在小说中充作我的名字）。

"你的家族的记载在哪儿？"尤利塞突然问。

"在 *Rivistica Heraldica*！"我大声说，我其实该说"*Rivista Araldica*"，意大利语，意思是：《纹章学评论》。

他写了下来。

他的女儿又走了进来，说她读过几本我的书，是那个出去吃中饭的出版商在巴黎翻译出版的，尤利塞非常惊讶。事实上，他的女儿想要我的签名。事实上，我就是杰瑞·刘易斯④，在天堂在布列塔尼在以色列，和玛拉基⑤一起喝高了。

---

① Robert Herrick（1591—1674），十七世纪英国抒情诗人和教士。
② Morbihan，布列塔尼的一个省，和菲尼斯泰尔及北滨海省接壤。
③ Dulouz，达吾拉（Daoulas）的变体。
④ Jerry Lewis（1926—2017），美国著名喜剧演员、电影制作人、导演和作家。
⑤ Malachiah，也作 Malachi，《圣经》中的希伯来先知。

三三

说笑归说笑,勒布里先生那时是,现在也是,没错,一位一流人物——我甚至很过分地主动给自己(不过客气地(?)"嗯?"了一声)倒了第三杯干邑。当时我想这肯定令侦探小说家恼怒极了,不过他看都没朝我这边看过一眼,他像是在研究地板上——(或是棉绒上)——我的指甲的痕迹……

事实是(又是陈词滥调,不过我们需要一些标示),我和勒布里先生飞快地讨论了普鲁斯特、德·蒙泰朗、夏多布里昂(说到他时,我告诉勒布里,他俩有同样的鼻子)、萨斯卡切温、莫扎特,然后我又说到了超现实主义的无聊、可爱之可爱的特性、莫扎特的笛子,甚至还有维瓦尔第的。天哪,我甚至还提到了塞巴斯蒂安·戴尔·皮翁博以及他比拉斐尔还要虚弱无力,他反对一床舒适的被褥带来的愉悦(说到被褥的时候,我偏执狂似的向他点到圣灵),然后他又说了下去,细细述说着"阿莫利卡

（Armorica）"（布列塔尼的古代名字，ar，"在……上面"，mor，"海"）的荣耀，然后我告诉他我的一点儿想法，如下："看到你生病很难受，勒布里（读作勒布里斯）先生，不过看到你被爱你的人围绕着又很高兴，真的，有爱自己的人的陪伴是我一直想要的。"

这些都是用华丽的法语说的，他答道："说得好极了，既迷人又优雅，这样的话放到现在并不总能被人理解。"（说到这里，我们互相朝对方眨了眨眼，因为我们意识到我们将要开始像两个夸夸其谈的市长或主教那样机械地对话，只是为了好玩以及试试我的法语是否标准。）"而且，你可以和给你灵感的偶像媲美，在我的家人和朋友面前，说这点不会令我不安。""毋庸置疑，你无需周围侍奉者的慰藉，希望这想法对你有所慰藉。"

继续说下去："不过，当然，先生，你的话，就像英王亨利五世说与可怜的法国小公主听的美妙的尖刻话，而且就在他的……唉，她的伴护面前，不像是去刺伤她，而是像希腊人说的，嘴里放块浸醋的海绵，不是酷刑而是（又是我们知道的地中海一带）消解干渴的良剂。"

"当然，如此说来，若不是我无自知之明，不了解自己有多粗俗，我不应再多话，不过，那也就是说，我承纳了你对我不够体面的努力的鼓励，无疑小天使们是理解我们对话的高贵之处的,但那还不够,尊严是个可憎的词,现在,以前……没有,我思路未断,凯鲁亚克先生,他,和他的熠熠才华,那才华令我忘怀一切,家人,宅邸,出身,不管如何,浸醋的海绵消除干渴?"

"希腊人如是说。而且,如果我继续解释我知道的一应事物,你的耳朵会失去现在围绕着它们的怠惰之气……你有,别打断我,听着……"

"怠惰!这个词就是说夏洛探长的。亲爱的亨利!"

法国侦探小说家对我的怠惰、我讨人厌的空谈兴趣缺缺,我只是试着还原我们当时的谈话方式和具体情形。

我当然不愿离开那甜蜜的床榻之畔。

何况,那儿有很多的白兰地,好像我不能出去自己买似的。

当我告诉他我祖辈的信条是"爱、劳作和受难时",他说:"我喜欢'爱'这一条,至于劳作,那令我得了疝气,至于受难,你现在看到我了。"

再见了,表兄!

又及(纹章是:"蓝底镶金色条纹,并有三枚银色钉子。")

总而言之:见《纹章总编》,J. B. 里什泰普著,V. H. 罗兰补遗:勒布里·德·凯鲁亚克——加拿大,迁自布列塔尼。蓝底镶金色条纹,并有三枚银色钉子。题铭:爱、劳作和受难。《纹章学评论》,第四卷,二四〇页。

老勒布里·德·卢代阿克一定会再次见到勒布里·德·凯鲁亚克,除非我们二人中有一个,或是我们俩都死了……我提醒一下读者,这一点与前文相照应:除非你为什么事感到羞愧,不然没必要改名。

三四

我被老卢代阿克深深地迷住了,逼罗路上一辆出租车都没有,我不得不拎着那个七十磅重的行李箱赶路,不断地从一只手换到另一只手,数着点儿,以三分钟之差,错过了去巴黎的火车。

我得在车站旁边的咖啡馆里等八个小时,等到十一点。我对车场扳道工说:"你真想告诉我我以三分钟之差错过了那趟去巴黎的火车?你们这些布列塔尼人想干什么,留我在这儿?"我走到铁路线终端的桩子旁,按了按涂了油的大圆柱,看看它会不会动,它动了。这下我至少可以给南太平洋铁路的韧手——现在是行车主管和老把式——写封信(不知要到哪一天),说在法国,他们交合方式不一样,我想这听起来像张挺下流的明信片,不过我说的是实话,不提了。带着那个行李箱从尤利塞·勒布里饭店跑到车站(一英里)导致我掉了十磅肉。得,不管了。我先将包存在行李寄放处,然后去喝上八个小时……

不过，当我取下我那小小的"买客来"（其实是"猴儿屋"）行李箱的钥匙时，我意识到自己又醉又气，开不了锁（我在找箱子里的镇定剂，你得承认我现下要用这个了），钥匙根据我妈的指点别在衣服上——整整二十分钟，在布列塔尼布雷斯特的行李寄存处，我跪在那儿，想用小小的钥匙打开弹簧锁，不过是个廉价的行李箱，终于在一阵布列塔尼式的狂怒中，我大吼："你这该死的，打开！"锁断了——我听到笑声，我听到有人说："凯鲁亚克国王。"我在美国从吐不出象牙的嘴里听到过这话。我解下蓝色人造丝针织领带，取出一两粒药片，还有随身携带的干邑。我压下坏了锁（其中一个断了）的行李箱，然后用领带捆了一圈，紧紧地十字交叉了一下，拉紧了，接着用牙齿咬住领带的一头往外拉，同时用中指抵住打结处，我试图用领带的另一头围着用牙齿拉紧的一头绕个圈，穿过去，稳住了，最后龇牙咧嘴地俯向全布列塔尼独一无二的行李箱，直到要跟它嘴对嘴，"哪"的一声，嘴拉向一边，手拉向另一边，那玩意儿这下绑得比扎紧了大腿的他娘的宠儿还紧，或是婊子养的，二选其一。

我把它扔在行李寄存处，取了行李票。

我的大部分时间都花在和块头大、肥肉多的布列塔尼出租车司机聊天，我在布列塔尼学到的是："不要怕块头大、肥肉多，如果你又大又肥，保持真我。"那些又大又肥、自鸣得意的布列塔尼人摇头晃脑地走来走去，像是夏日的最后一个妓女在找人快活第一场。敲小钉子的平头钉锤不能敲长钉，波兰人这么说，好吧，至少斯坦利·特渥朵维茨①这么说，那是我另一个从未见过的国家。你可以敲一枚小钉子，但长钉不行。

于是我四处逛逛，有那么一会儿，我注视着悬崖顶上的三叶草叹气，我其实可以上那儿，睡上五个小时，只是不少小基佬或诗人正关注着我的一举一动，大下午的，我怎能身向在高高的草丛里，要是哪个后宫知道我的亲亲屁股蛋上有剩下的一百美金呢？

我跟你说，我对男人非常怀疑，现在对女人没那么疑心，这简直会让黛安娜哭泣，或是笑得咳嗽，二选其一。

我真的很害怕在那些杂草里睡着，除非没人看到我溜进那儿，终于进了暗门，不过啊，阿尔及利亚人已经找到了新家，更不必说达摩和他的门徒自迦勒底从水上走来（在水上行走不是一天练成的）。

为什么要持续考验读者的能力？火车十一点来了，我上了一等车厢，进了第一个隔间，只有我一人，我将脚搁

---

① Stanley Twardowicz（1917—2008），美国抽象派画家和摄影师，凯鲁亚克的朋友。

在对面的座位上,火车驶离了站台,我听到有人对另外一个家伙说:

"国王不觉得好玩。""你这王八蛋!"我应当朝窗外吼过去的。

有块标牌写道:"不要把任何东西扔出窗外。"我嚷嚷:"我可没啥好扔出窗外的,除了我的脑瓜。"我的行李箱和我在一起……我从另一节车厢听到:"那是个姓凯鲁亚克的。"我甚至觉得我听错了,不过,别太有把握,不仅仅是关于布列塔尼,还关于一方巫师、魔法、术士和妖术的土地(不是勒布里的)。

请让我简单地说说我记得的在布雷斯特发生的最后一件事:不敢在那些杂草里睡觉,因为不单单从悬崖的边缘,甚至从人家三楼的窗子看过去都一览无遗,而且我说过那些闲逛的流氓也看得清清楚楚,我绝望地坐在出租车站的出租车司机旁边,我坐在石阶上……突然,一场激烈的舌战爆发了,一个肥硕的蓝眼睛布列塔尼出租车司机和一个瘦瘦的大胡子出租车司机,西班牙人,我猜或者是阿尔及利亚人,或许也可能是普罗旺斯人,为了听到他们说话,他们说:"来吧,你要想和我来点什么,来啊?"(布列塔尼人)和年轻一点的大胡子说:"拉——得拉得拉得拉!"(有关出租车停车点位子的争斗,几个小时前我在主街上找不到一辆出租车）——我那时坐在路牙上，看着一条小毛毛虫往前爬，对它的命运我当然十分关注，我对停在出租车车站的头一辆出租车说：

"首先，他娘的，去转转，在城里转转找乘客，别在这个死样的火车站逗留了，可能有个主教刚拜访完一位教堂的捐助人，想搭车呢……"

"唔，这是个工会。"等等。

我说："看那边两个狗娘养的在打打闹闹，我不喜欢他。"

没有回应。

"我不喜欢那个不是布列塔尼人的家伙——不是老的那个，是年轻的那个。"

出租车司机转过脸去看车站前刚发生的一幕，一个怀里抱着婴儿的年轻妈妈，碰到一个阿飞（不是布列塔尼人），后者骑着摩托车来送电报，差不多把她给撞倒了，至少把她吓得魂飞魄散。

"那个，"我对我的布列塔尼兄弟说，"是无赖……他为什么要对那位女士和她的孩子这么做呢？"

"为了吸引我们的注意力，"他斜瞥了一眼，补充道，"我有妻儿在山上，那个你看到的海湾的对面，有船的……"

"无赖帮助希特勒崛起。"

"我是这个停车点第一个到的,让他们斗去吧,想做无赖就做吧……时候到了就到了。"

"好,"我说得像圣马洛的西班牙海盗,"护卫好你的地盘。"

他甚至都不用回答,那个有二百二十磅重的肥硕的布列塔尼人,出租车车站里的急先锋,他的眼睛会骨碌骨碌屏蔽或挡回任何扔向他的东西,哦,说了半天屁话的杰克,人民可没睡觉呢。

我说"人民"的时候,并不是指教科书上的人民大众,他们在哥伦比亚学院作为"无产阶级"首次引起我注意,也不是新近引起我注意的"无业无望住贫民窟的零余者",也不是英国的"摩登派和棍棒派"①,我说的"人民"是出租车车站队伍中的第一位、第二位、第三位、第四位、第五位、第六位、第七位、第八位、第九位、第十位、第十一位、第十二位,你要想烦扰他们,你可能会发现自己膀胱里有片草刃,专拣嫩处割。

---

① Mods and Rods,为"Mods and Rockers(摩登派和摇滚派)"之误,指英国二十世纪六十年代早中期两种冲突的青年亚文化,"摩登派"骑踏板小摩托车或开车,服饰讲究精致;"摇滚派"骑重型机车,穿黑色皮衣。

三五

乘务员看到我搁在别的位子上的脚,喝道:"脚放下来!"作为布列塔尼君主之嫡传后裔的梦想也被法国老猪头在交叉口吹的哨声——反正是法国交叉口的那种哨声——给粉碎了,当然咯,还有列车员的命令,不过随后我抬眼看到了我搁过脚的座位上方的牌示:

"此座位预留给为法国效劳而负伤的人士。"

于是我起身去了下一间隔间,乘务员探头进来查票,我说:"我没看到那个标识。"

他说:"没关系,不过得脱鞋。"

这位国王愿意给任何人做配角,只要他能吹得像我主那样的美妙。

三六

整整一晚上独自待在旧车厢里,哦,安娜·卡列尼娜,噢,梅诗金①,噢,罗果仁②,我一路回到了圣布里厄,然后到了雷恩,买了白兰地,拂晓时分,到了沙特尔……

早上到了巴黎。

这时候,从布列塔尼的冷寒中来,我穿上了宽大的法兰绒衬衫,领子里系了围巾,没有刮胡子,把傻叽叽的帽子装进了箱子,再用牙齿把它关上,这下,握着回佛罗里达坦帕的法航回程机票,亲爱的上帝,我和温迪克斯超市最肥美的排骨一样准备妥当啦。

---

①② Myshkin, Rogozhin,陀思妥耶夫斯基小说《白痴》中的人物。

三七

顺便提一句,半夜,当我惊叹于黑夜和灯光划出的一条条蛇行曲线,一个急吼吼、疯癫癫的二十八岁男子和一个十一岁的女孩上了火车,步子越走越急,押送她进了伤兵的隔间,我听到他吼了几个小时,直到她给了他一个大白眼,独自在自己的座位上睡着了 —— 乡下的女诗人和巴黎的乡巴佬 —— 差了些年纪,噢,巴尔扎克,哦,其实是纳博科夫……(你以为一隔间之遥的布列塔尼小王子能干什么啊?)

三八

我们到巴黎了。一切都结束了。从现在开始我和巴黎任何形式的生活都不搭界了。我提着行李箱在门口被一个帮出租车拉客的人搭上了。"我要去奥利机场，"我说。

"上吧！"

"但我得先上对街来一点啤酒和干邑！"

"对不起，没时间！"他转向其他招车的顾客，我意识到，如果我想在今晚，也就是星期天晚上回到佛罗里达的家，我最好立刻上马，于是我说：

"行。好，走吧。"

他抓起我的行李箱，把它拖到在细雨濛濛的人行道上等着的出租车旁。一个留着短短小胡子的巴黎出租车司机正把两个女人和她们抱着的婴儿塞进他的出租车，同时把她们的行李硬塞进后备箱。我那家伙将我的行李箱也硬塞了进去，要了三个还是五个法郎，我忘了。我看着那个出租车司机像是问他："坐前面？"他点头回答："是的。"

我心里嘀咕:"又是一个这腐烂的巴黎狗娘养的塌鼻子,他才不在乎你是不是把你姥姥搁在柴火上烤呢,只要他能得到她的耳环,或许还有大金牙就行。"

窄小的跑车型出租车前座上,我徒劳地寻找着右前门的烟灰缸。他微笑着,一把翻下仪表盘下的一个怪模怪样的烟灰缸装置。然后一边"呼"地穿过土鲁斯-劳特累克①寻欢作乐温柔乡外面的六岔口,一边转身朝向坐在后面的妇女尖着嗓子说:

"好可爱的小孩!她多大了?"

"哦,七个月了。"

"你另外还有几个?"

"两个。"

"那是你的,呃,妈妈?"

"不是,我阿姨。"

"我也这么想,就是,她和你不像,当然啦,凭我那玄妙的啥啥……反正是个可爱的孩子,妈妈就不用多说了,还有一个足令整个奥弗涅都开心的阿姨!"

"你怎么知道我们是奥弗涅人?!"

"直觉,直觉,因为我就是直觉灵光!你怎么样,兄

---

① Henri de Toulouse-Lautrec(1864—1901),法国画家,作品多取材于沙龙、咖啡馆、俱乐部和妓院。

弟，上哪儿？"

"我？"我带着一股子阴郁的布列塔尼气息说，"去佛罗里达。"

"啊，那儿一定很美！您，我亲爱的阿姨，您有几个孩子？"

"噢……七个。"

"啧，啧，有点多了。这个小的有没有给您惹麻烦呢？"

"没……一点儿都没。"

"呵，您瞧呐。都不错，真的。"在圣礼拜堂外以七十英里的时速转了个大弧形，那就是我先前说到过保存了一片"真十字架"的地方，法兰西圣路易，即路易九世国王，放在那儿的，我说：

"那是圣礼拜堂吗？我原想看看的。"

"女士们，"他跟后座说，"你们去哪儿？哦，对，圣拉扎尔车站，好，我们就到了……只要再一分钟。"嗖……

"到了。"他跳下去，我则坐在那儿惊得傻愣愣瞪口呆目①，他拖出她们的行李箱，吹了个口哨招来个男孩，极快地让人把婴儿啊，还有其他一切都带走了，又跳回出租车

---

① blagdenfasted，从"flabbergasted"（目瞪口呆）变体的生造词。

单独和我一起,说:"是奥利吧?"

"是,不过,先生,上路前喝杯啤酒。"

"呸……那会耽误我十分钟。"

"十分钟太长了。"

他严肃地看着我。

"行,我可以在路上找一家可以双排停车的咖啡馆,你很快地灌一杯,因为礼拜天早上我还在干活,唉,生活啊。"

"你和我一道喝一杯。"

嗖。

"到了。下去。"

我们跳下车,冒着开始下大了的雨冲进咖啡馆,我们低着头走到吧台,点了两杯啤酒。我告诉他:

"你真着急的话,我让你看看怎么咕隆咕隆灌下一杯啤酒!"

"没必要,"他忧伤地说,"我们有一分钟。"

他突然让我想到了布雷斯特赌赛马的富尼耶。

他告诉我他的名字,出自奥弗涅,我告诉我的名字,出自布列塔尼。

就在我明白他准备开跑的瞬间我敞开喉咙,让半瓶啤酒下了肚,这是我在兄弟会学的一招,现在我明白我学会这招并非没有充分的理由（拂晓时分举起小酒桶，没戴会员帽因为我拒绝戴，而且我是足球队的），我们像银行劫匪似的跳进了出租车，呼——我们在去奥利机场因雨而溜滑的高速公路上跑到了九十，是他告诉我时速多少公里。我朝窗外看了看，感觉这就是我们赶往下一家在得克萨斯的酒吧时的巡游时速。

我们讨论了政治、暗杀、婚姻、名人，我们到奥利时，他把我的包从后备箱拖了出来，我付钱给他，他马上跳回车子，说（用法语）："不是啰嗦，兄弟，不过今天是星期天，我是为了让妻儿糊口干活的……我听到你说的有二十个甚至二十五个孩子的魁北克家庭，那太多了，真的……我只有两个……但是，劳作，是，好好好，先生，这个那个，或像你说的，先生，这事儿那事儿，不管怎么着，谢谢你，祝你心情愉快，我走了。"

"再会，雷蒙·巴耶先生。"我说。

第一页上令我顿悟的出租车司机。

当上帝说"汝之生活即吾之所在"时，我们会忘了所有分离的况味。

Jack Kerouac
Satori in Paris
封面图片：@ 1971dtv Verlagsgesellschaft mbH Co. KG

图书在版编目（CIP）数据

巴黎之悟 /（美）杰克·凯鲁亚克（Jack Kerouac）著；艾黎译. —— 上海：上海译文出版社，2024.11.
ISBN 978-7-5327-9719-6

Ⅰ. I712.65
中国国家版本馆 CIP 数据核字第 2024MC0932 号

| 巴黎之悟
Satori in Paris | Jack Kerouac
[美] 杰克·凯鲁亚克 著
艾黎 译 | 出版统筹 赵武平
责任编辑 王 源
装帧设计 汐和@COMPUS |

上海译文出版社有限公司出版、发行
网址：www.yiwen.com.cn
201101 上海市闵行区号景路 159 弄 B 座
启东市人民印刷有限公司印刷

开本 787×1092 1/32 印张 4 插页 2 字数 46,000
2024 年 11 月第 1 版 2024 年 11 月第 1 次印刷

ISBN 978-7-5327-9719-6
定价：42.00 元

本书版权为本社独家所有，未经本社同意不得转载、摘编或复制
如有质量问题，请与承印厂质量科联系，T：0513-83349365